Ann Evans · Shadow Creature

Bisher von Ann Evans erschienen:

Dangerous Beast
Shadow Creature

Ann Evans

SHADOW CREATURE

Band 2 von 3

Aus dem Englischen
übersetzt von Sabine Tandetzke

Dem Himmel sei Dank für Söhne, die sich mit Computern auskennen. Für dich, Wayne, und für deine ständige IT-Pannenhilfe. Ebenso in Liebe für Mel, Megan und den Neuankömmling ...

Mix
Produktgruppe aus vorbildlich
bewirtschafteten Wäldern und
anderen kontrollierten Herkünften

Zert.-Nr. SGS-COC-001940
www.fsc.org
©1996 Forest Stewardship Council

ISBN 978-3-7855-6982-5
1. Auflage 2010
erschienen unter dem Originaltitel *The Reawakening*
Die Originalausgabe ist bei Usborne Publishing Ltd. erschienen.
First published in the UK in 2007 by Usborne Publishing Ltd.
Text copyright © Ann Evans, 2007.
Cover copyright © Usborne Publishing Ltd., 2007.
© für die deutschsprachige Ausgabe 2010 Loewe Verlag GmbH, Bindlach
Aus dem Englischen übersetzt von Sabine Tandetzke
Redaktion: Nadine Mannchen
Umschlaggestaltung: Christine Retz
Printed in Germany (007)

www.loewe-verlag.de

Midland Daily Chronicle

Ausgabe vom 19. September

Urlaubern wird geraten, auf der Hut zu sein, da in einem abgelegenen schottischen Tal angeblich der Geist eines prähistorischen Tieres gesichtet wurde.

Laut diesen Berichten geht der Geist eines Säbelzahntigers im Endrith-Tal um, das auch „Tal der Schatten" genannt wird. Diesen Beinamen erhielt es wegen der legendären Geistererscheinungen von Highland-Kriegern, die dort vor etwa 700 Jahren eine furchtbare Schlacht schlugen.

Dieser Geistertiger hat nach unseren Informationen zwei junge Urlauber angegriffen – die Geschwister Grant und Amanda Laird, 14 und 12 Jahre alt, aus Wolverton in den West Midlands. Sie behaupten, dass sie auf die Bestie trafen, als sie im August dieses Jahres mit ihren Eltern Urlaub machten.

„Es war schrecklich", berichtete die rothaarige Amanda, die die Gesamtschule in Wolverton besucht. „Der Säbelzahntiger hat sich an uns angeschlichen. Zuerst war er fast unsichtbar und hat dann immer mehr eine feste Gestalt angenommen, bis man ihn ganz deutlich erkennen konnte. Er war riesig, mit gigantischen Fangzähnen und Klauen. Mein Bruder und ich mussten um unser Leben rennen. Er wollte uns töten."

Die Eltern der beiden haben allerdings nichts von dieser übernatürlichen Erscheinung mitbekommen. Mrs Connie Laird äußerte sogar, ihre Kinder hätten offenbar einen Sonnenstich gehabt.

Fakten:

Säbelzahntiger sind vor 10 000 Jahren ausgestorben.

Sie besaßen ungefähr die Größe eines Löwen, waren aber schwerer.

Als Fleischfresser haben sie sich wahrscheinlich angepirscht und dann aus dem Hinterhalt angegriffen, anstatt ihre Beute während einer Hetzjagd zu erlegen.

Ihre Säbelzähne haben sie dazu benutzt, den weichen Bauch ihrer Beute zu durchbohren.

Den goldbraunen Welpen auf dem Arm, kletterte der dreizehnjährige Daniel Glenn zu Beth und den anderen in den Van der Geisterjäger.

Die Erwachsenen konnten es natürlich überhaupt nicht leiden, wenn man sie als „Geisterjäger" bezeichnete, besonders Melissa. Sie war die Sekretärin des Teams – oder genauer gesagt der „Gesellschaft für paranormale Studien". Der Van war ein speziell umgebauter VW-Transporter, ausgerüstet mit den allerneusten Geräten zur Erforschung übersinnlicher Phänomene. Außerdem bot er Platz für fünf Fahrgäste und einen kleinen Hund namens Scooby.

Daniel drehte sich kurz um und winkte mit Scoobys Pfote seiner Mutter zu, die in der Haustür stand und ihnen hinterhersah.

Sein Vater, Andrew Glenn, war Vorsitzender der „Gesellschaft für paranormale Studien", kurz

GPS, und saß neben Melissa auf dem Vordersitz. Die wiederum hockte dicht neben Len, dem Fahrer und Besitzer des Transporters. Wenn Len nicht gerade hinter Geistern her war, arbeitete er im normalen Leben als Bauunternehmer. Er war ein großer, muskulöser Mann, der überhaupt nicht den Eindruck machte, als würde er an Gespenster glauben. Das Gleiche galt für Daniels Vater, der Polizist war.

Melissa sah allerdings ziemlich versponnen aus. „Melissa Iona Isis", falls sie tatsächlich so hieß. Daniel vermutete, dass sie sich den Namen selbst ausgedacht hatte, weil er besser zu ihrem Beruf als Kräuterkundlerin und Geisterjägerin passte.

Len legte den ersten Gang ein und alle winkten Daniels Mutter zum Abschied. Dann fuhren sie in Richtung schottische Highlands los, um nach einem geisterhaften Säbelzahntiger und ein paar uralten kämpfenden Kriegern zu suchen. Das waren die Gründe der Erwachsenen für diese Reise. Für Daniel war es einfach eine tolle Möglichkeit, mit seinem Vater eine Woche der Sommerferien zu verbringen. Außerdem würden er und Scooby bestimmt eine fantastische Zeit haben.

Lens Tochter Beth kam ebenfalls mit. Sie war gerade elf geworden und würde im September auf Daniels Schule gehen. Beim Anblick des Welpen leuchteten ihre Augen auf.

„Oh! Wie süß! Wie heißt er denn?"

„Scooby. Und es ist eine sie. Sie ist erst vier Monate alt, aber sie kann schon Sitz machen und die Pfote geben. Du bist ein kluges Mädchen, nicht wahr, Kleine?"

Nachdem sie Daniel kurz die Nase abgeschleckt hatte, beschloss Scooby, einen Blick auf die anderen Mitreisenden zu werfen. Aufgeregt schnüffelte sie in Melissas zerzauster grauschwarzer Mähne herum, offenbar auf der Suche nach einem baumelnden Ohrring. Daniel zerrte sie zurück und entfernte einige Haarsträhnen aus dem Maul des Welpen. Melissa verzog vor Schmerz das Gesicht.

„Tut mir leid, sie ist ein bisschen aufgeregt", entschuldigte sich Daniel.

„Ein Welpe!", jammerte Melissa und warf entnervt die Arme in die Höhe. Dabei klimperten ihre zahlreichen Armreifen und das Sonnenlicht brach sich auf den Ringen an ihren Fingern. „Andrew, ich halte es für keine gute Idee, einen jungen Hund mitzunehmen! Das wird uns nur ablenken."

Andrew Glenn antwortete wie üblich in ruhigem und bestimmtem Ton – seiner Polizistenstimme, wie Daniels Mutter sie scherzhaft nannte. „Das sehe ich anders. Scooby wird die Kinder beschäftigen. Es ist gut für die beiden, wenn sie viel frische Luft und eine Aufgabe haben."

Melissa sah nicht ganz überzeugt aus. „Und dann auch noch *Kinder*! Andrew, ich habe dir von Anfang an gesagt, dass ich nichts davon halte, sie mitzunehmen. Ich bin nach wie vor davon überzeugt, dass Kinder zu viel Unruhe verursachen. Immerhin sind sie nicht gerade dafür bekannt, dass sie sich still oder unauffällig benehmen."

„Mit den beiden wird alles bestens laufen", versicherte ihr Andrew. „Sie haben versprochen, sich vorbildlich zu verhalten." Er warf einen mahnenden Blick über die Schulter. „Das hast du doch, nicht wahr, Daniel?"

„Na, klar!", antwortete Daniel in unschuldigem Ton. „Außerdem werde ich die meiste Zeit damit beschäftigt sein, Scooby zu trainieren. Ich werde ihr beibringen, zu mir zu kommen und Sachen zu apportieren und –"

„Schon gut. Hauptsache, ihr kommt uns nicht in die Quere", unterbrach ihn Melissa. „Dies ist eine seriöse Exkursion. Ich habe vor, unsere Ergebnisse in der führenden Zeitschrift für paranormale Phänomene zu veröffentlichen. Wir müssen uns in den nächsten Tagen voll und ganz auf unsere Arbeit konzentrieren."

Hinter ihrem Rücken imitierte Daniel ihre todernste Miene und brachte Beth damit zum Kichern. Melissa nahm ihre Geisterjägeraktivitäten sehr ernst. Sie war „äußerst empfänglich für übersinnliche Schwingungen" oder so ähnlich. Das hatte er jedenfalls mal zufällig aufgeschnappt, als sein Vater es seiner Mutter erzählt hatte. Daniel fand Melissa einfach nur sonderbar.

„Hey, Leute, offenbar hat unsere Exkursion es in die gestrige Ausgabe der *Gazette* geschafft", bemerkte Andrew und zeigte Melissa einen Zeitungsausschnitt. „Der Artikel ist gar nicht so schlecht. Wenigstens werden wir darin ausnahmsweise mal nicht als eine Horde von Spinnern bezeichnet. Die Presse hat sich natürlich vor allem auf die Sache mit dem Säbelzahntiger gestürzt, der Hauptgrund für unsere Unternehmung wird nur beiläufig erwähnt."

„Das war uns doch von Anfang an klar", erwiderte Len. „Säbelzahntiger, die wieder zum Leben erwachen, sind nun mal wesentlich sensationeller als die geisterhaften Geräusche längst vergangener Schlachten." Mit einem ironischen Lächeln lenkte er den Wagen auf die Überlandstraße, die nach Norden führte.

„Wie wär's, wenn ich euch den Artikel vorlese?", bot Melissa an und rückte ihre Brille mit den lila getönten Gläsern zurecht. „Na, dann wollen wir doch mal sehen … ‚Eine Gruppe von Geisterjägern …'" Sie unterbrach sich und schnalzte missbilligend mit der Zunge. „Wie ich diesen Ausdruck verabscheue. Andrew, ich dachte, du hättest gesagt, in diesem Artikel würden wir mal nicht als Spinner hingestellt!"

„Lies doch einfach weiter, Melissa", sagte Len grinsend.

Sie schnalzte noch einmal mit der Zunge, bevor sie fortfuhr. „Eine Gruppe von *Geisterjägern* hat sich in Richtung schottisches Hochland auf den Weg gemacht, um nach einer prähistorischen Bestie zu suchen, die dort in einem Tal herumstreifen soll. Die ‚Gesellschaft für paranormale Studien' führt diese Exkursion anlässlich des Datums durch, an dem sich dort im Jahre 1314 zwei Highland-Clans eine blutige Schlacht lieferten.

Vor ungefähr genau einem Jahr soll die Bestie, die als der Geist eines prähistorischen Säbelzahntigers beschrieben wird, zwei Kinder, die dort mit ihren Eltern zelteten, verfolgt und angegriffen haben.

Andrew Glenn, Vorsitzender der GPS, sagte – und ich zitiere dich jetzt wörtlich, Andrew: ‚In diesem Tal spukt es angeblich. Es ist mehrfach vorgekommen, dass Zeugen den Lärm einer Schlacht oder eines heftigen Kampfes gehört haben. Was den Vorfall mit dieser Bestie angeht, so habe ich mit den beiden beteiligten Kindern gesprochen. Was sie zu berichten hatten, ist faszinierend. Auch wenn es höchst unwahrscheinlich ist, dass sich dort ein prähistorischer Geist herumtreibt, gehen wir die Sache dennoch völlig vorurteilsfrei an.'" Melissa blickte von dem Zeitungsausschnitt auf. „Zitat Ende!"

Beth lehnte sich an ihren Vater. „Aber diese Bestie hat den Kindern doch nicht wirklich etwas getan, oder? Ich meine, das konnte sie ja gar nicht als Geist ..."

„Natürlich nicht!" Len lachte. „Falls irgendeine Gefahr bestünde, hätten wir euch bestimmt nicht mitgenommen."

„Ich lese dann jetzt mal weiter, ja?", mischte Melissa sich ein. „Also, wo war ich? Ah, hier! ‚Die Mitglieder der Gesellschaft für paranormale Studien, die vor sechs Jahren gegründet wurde, setzen sich unter anderem aus Ärzten und Ingenieuren zusammen. Drei von ihnen haben sich mit der neuesten Geisterjägerausrüstung auf den Weg gemacht. Dazu zählen zum Beispiel Geräte für elektromagnetische Feldmessungen, Infrarotbewegungsmelder und Ionendetektoren, die die Luftbewegungen messen, wenn eine Geistererscheinung anwesend ist. Mr Glenn, der von Beruf Polizist ist, fügte hinzu – noch ein Zitat von dir, Andrew: ‚Wir sind mit der allerneuesten Technologie ausgerüstet. Sollte sich irgendetwas

Übernatürliches in diesem Tal herumtreiben, dann seien Sie gewiss, dass wir es finden werden.'"

Melissa faltete den Zeitungsausschnitt zusammen und gab ihn Andrew zurück. „Ist das nicht aufregend? Ich habe ganz stark das Gefühl, dass diese Exkursion einige sehr interessante Ergebnisse zutage fördern wird."

„Meinst du, wir sehen wirklich ein Gespenst, wenn wir in Schottland sind?", fragte Beth leise, während sie ihren langen blonden Pferdeschwanz um die Finger zwirbelte.

„Es heißt ‚Geist', Liebes, nicht ‚Gespenst'", verbesserte Melissa sie. „Genauer gesagt handelt es sich um ein Geist*wesen*. Ein Gespenst kann eine Handlung nur endlos wiederholen, so wie ein Videogerät, das immer wieder dasselbe Band abspielt. Ein Geist hat im Gegensatz dazu die Fähigkeit, sich zu verändern, zu kommunizieren, Kontakt mit lebenden Wesen aufzunehmen und sich sogar zu manifestieren."

„Was heißt ‚manifestieren'?", fragte Beth mit verwirrter Miene.

„In der realen Welt erscheinen", verkündete

Melissa und holte einen anderen Zeitungsausschnitt aus ihrer bunt bestickten Umhängetasche. „Wenn du den Originalbericht von den Laird-Kindern liest, wirst du feststellen, dass der Geist dieser Bestie nach und nach sichtbar geworden ist und versucht hat, die beiden zu töten."

„Sie zu *töten*?!", kreischte Beth erschrocken. Das erschreckte den Welpen so sehr, dass er in Daniels Achselhöhle Schutz suchte. „Ich dachte, du hättest gesagt, ein Geist könnte einem nichts tun."

„Kann er auch nicht!", schaltete sich Len ein und warf Melissa einen strengen Blick zu. „Ich finde, du solltest jetzt aufhören, die Kids zu erschrecken. Sonst haben sie nachher noch Albträume."

„Ich wiederhole nur, was uns erzählt worden ist. Andrew war derjenige, der losgezogen ist und die Laird-Kinder interviewt hat. Du hast ihnen übrigens auch geglaubt, oder etwa nicht? Außerdem ist unsere Lebenskraft nichts anderes als Energie", fuhr sie hastig fort, sodass Andrew keine Gelegenheit hatte, etwas einzuwenden. „Energie wird nicht geschaffen und kann nicht zerstört werden. Sie wird einfach nur von einem Ort zum anderen übertragen oder von einer Form in die andere."

Beths Augen waren so groß wie Untertassen. „Wir könnten also tatsächlich einen Säbelzahntiger *sehen* – lebendig … oder auch tot?"

„Wäre das nicht unglaublich?", seufzte Melissa. Als sie sich auf dem Sitz umdrehte, wehte ein Hauch ihres Parfums durch den Transporter, das nach Kräutern und Blumen duftete. Für einen Moment spiegelte sich das Sonnenlicht, das durch die Windschutzscheibe fiel, in ihren Brillengläsern und verlieh ihren Augen einen wilden, unheimlichen Glanz.

„Immer mit der Ruhe", warf Andrew Glenn ein. „Es ist nicht gut, wenn die Fantasie mit uns durchgeht. Wir wollen lediglich Daten sammeln, die möglicherweise auf die Anwesenheit eines Geistes hindeuten. Wir werden unsere Messergebnisse auswerten und unsere Schlüsse daraus ziehen. Wenn ihr mich fragt, habe ich nicht viel Hoffnung, Beweise für die Existenz eines Wesens zu finden, das vor zehntausend Jahren gelebt hat. Aber es ist eine interessante Herausforderung und die beiden Laird-Kinder kamen mir ziemlich vernünftig vor. Sie haben etwas Außergewöhnliches erlebt, davon bin ich überzeugt. Aber es ist unwahrscheinlich, dass sie tatsächlich einen Säbelzahntiger gesehen haben. Wahrscheinlich hatte ihr Erlebnis etwas mit der Schlacht zu tun."

Beth schmiegte sich an ihren Vater. „Aber was ist, wenn sie die Wahrheit gesagt haben? Was ist, wenn es diesen Tiger wirklich gibt? Was ist, wenn er sich manifestiert und dann hinter *uns* her ist?"

„Dir wird niemand etwas tun, Beth", sagte Len und tätschelte ihr beruhigend die Hand. „Ich verspreche dir, dass wir uns nicht gegen prähistorische Raubtiere zur Wehr setzen müssen! Wir werden einfach nur Temperaturveränderungen und elektromagnetische Feldstörungen messen, lauter solche Sachen, die eventuell auf übernatürliche Vorgänge hinweisen. Genau das, was wir sonst auch tun. Und bis jetzt hat uns noch kein Geist verfolgt!"

Melissa, die überhaupt nicht zu merken schien, dass sie Beth Angst einjagte, plapperte aufgeregt weiter. „Aber vergesst nicht, dass wir direkt dort zelten, wo vor siebenhundert Jahren die Schlacht von Endrith stattgefunden hat – und noch dazu genau an ihrem Jahrestag! Man hat bei dieser Gelegenheit schon häufiger geheimnisvolle Geräusche gehört, das ist bestens belegt."

Daniel warf Beth einen Blick zu. Sie sah jetzt schon aus, als hätte sie ein Gespenst gesehen. „Das ist doch alles Quatsch", flüsterte er ihr zu und setzte ihr Scooby auf den Schoß, um sie von diesem ganzen übersinnlichen Kram abzulenken. „Ich habe diesen Zeitungsartikel auch gelesen und ich glaube, die Kinder haben sich das alles nur ausgedacht."

Beth sah nicht so richtig überzeugt aus. „Unheimliche Geräusche machen mir nichts aus", murmelte sie. Dabei streichelte sie Scooby so kräftig, dass die kleine Hündin platt auf ihren Schoß gepresst wurde. „Aber der Gedanke, dass irgendetwas versuchen könnte, uns zu töten, jagt mir eine Höllenangst ein."

„Diese Bestie gibt's doch nicht in Wirklichkeit!", stöhnte Daniel. „Selbst meine Mum hält es für totalen Quatsch! Sie meint, sie lässt meinen Vater bei dieser Sache nur mitmachen, weil er so endlich mal eine Auszeit von seiner stressigen Arbeit als Polizist hat."

„Mein Dad glaubt an Geister", zischte Beth. „Sonst würde er seine Zeit doch nicht damit verschwenden. Also *muss* es sie auch geben."

„Natürlich gibt es Geister!", mischte sich Melissa ein, die offenbar gelauscht hatte. „Und dieser Säbelzahntiger fasziniert mich total. Die Kinder haben ihn wirklich *gesehen*. Sie konnten seine Farbe, seine Fellzeichnung und seine Größe exakt beschreiben. Stellt euch nur mal vor, wie fantastisch es wäre, wenn wir das aufnehmen könnten. Es würde das Ansehen unserer Gruppe in der Welt der Paranormalen Forschung enorm heben."

Daniel schüttelte den Kopf. Diese Geschichte war nichts weiter als eine Ente. Die Laird-Kids hatten sich das Ganze nur ausgedacht, um in die Zeitung zu kommen. Geister – so ein Blödsinn! Nichts weiter als Hirngespinste. Sogar intelligente und vernünftige Leute wie sein Dad und Len fielen darauf herein. Aber es war nun mal ihr Hobby. Andere Leute sammelten Briefmarken, ihre Väter erforschten dafür übernatürliche Erscheinungen. Ständig waren sie zu Spukhäusern oder solchen Sachen unterwegs und suchten nach Beweisen für die Existenz des Übersinnlichen. Bis jetzt war sein Dad höchstens mit Fotos von leeren Räumen zurückgekehrt, in denen manchmal ein unwirkliches Licht zu leuchten schien. Oder er brachte Aufnahmen von merkwürdigen Klängen, die sich wie elektrisches Knistern anhörten. Von heulenden und kettenrasselnden Gestalten war nie die Rede gewesen.

Und ganz bestimmt nicht von irgendwelchen Säbelzahntigern.

Der Augustsonnenschein, der glitzernd durch die Scheiben fiel, und das monotone Brummen des Motors machten die Passagiere nach einer Weile schläfrig. Während draußen die Landschaft vorbeiflitzte, ließen Andrew, Melissa und die Kinder die Köpfe hängen und dösten vor sich hin.

Als die ersten gezackten Bergspitzen am Horizont auftauchten, veränderte sich nach und nach die Aussicht. Das grelle Bunt der Städte verschwand allmählich und machte ausgedehnten

Flächen von Braun, Purpurrot und Grün Platz. Die Hügel wurden mit jeder Windung der Straße höher und eindrucksvoller, die sanft geschwungenen Täler tiefer und üppiger bewachsen. Vereinzelt stehende Bäume verdichteten sich zu mächtigen Wäldern, die sich mit funkelnden Seen abwechselten. Am späten Nachmittag wirkte der Transporter der Geisterjäger, umgeben und überschattet von den hoch aufragenden Bergen, nur noch wie ein winziges Spielzeug.

„Willkommen in den Highlands des guten alten Schottland!", rief Len, während er einen Gang herunterschaltete, um eine besonders enge Biegung zu nehmen.

Als Daniel schlaftrunken die Augen öffnete, wurde ihm sofort übel. Die Landschaft neben der Straße schien plötzlich abgesackt zu sein, sodass die Baumwipfel sich ungefähr auf Augenhöhe befanden, als sie der kurvigen Straße folgten. „Mann, ist das ein Ausblick!", rief er.

Beth setzte sich ruckartig auf. „Fahr nicht so schnell, Dad", sagte sie besorgt. Sie beugte sich vor und legte ihm eine Hand auf die Schulter.

„Wird gemacht, Schatz", erwiderte Len gelassen. „Jetzt haltet mal die Augen offen, Leute. Eigentlich müsste jeden Moment der Wegweiser zum Endrith-Tal kommen."

„Endrith!", stieß Melissa hervor, die hochschreckte. „Sind wir schon da?"

Andrew brach in schallendes Gelächter aus. „Ich hatte eher damit gerechnet, dass die Kinder das ständig fragen würden, nicht du, Melissa."

„Ich versuche nur, mich zurechtzufinden", erwiderte sie trocken.

Der Weg zum Endrith-Tal stellte sich als einspurige Buckelpiste heraus. Wie ein schmales goldenes Band schlängelte sie sich durch die gigantischen Berge, während vor ihnen die Schatten immer länger wurden.

Ständig von einem Gang in den anderen schaltend, erklomm Len mit ihrem Gefährt Steigungen von solcher Höhe, dass alle den Druck in den Ohren spüren konnten. Kurz darauf ging es in malerische Täler hinunter, wo Flüsse über Felsen herabstürzten und weiß schäumende Wasserfälle das Licht des Spätnachmittags zu winzigen Regenbogen einfingen.

„Ich habe gehört, dass sie hier nächstes Jahr

eine Schnellstraße bauen wollen", bemerkte Len, während er den Blick über eine Wiese schweifen ließ. „Es ist eine Schande, diese Landschaft zu zerstören."

„Das ist nun mal der Fortschritt", sagte Andrew nachdenklich, während er die Straßenkarte studierte. „Okay, irgendwo hier müssen wir demnächst mal links abbiegen ..."

Endlich tauchte das Endrith-Tal auf und alle, selbst Scooby, setzten sich kerzengerade auf, um den Anblick gebührend zu würdigen.

Ein sanft geschwungenes, üppig grünes Tal erstreckte sich in eindrucksvoller Schönheit vor ihnen. Zur Rechten wurde es von einem dichten Wald aus hohen Kiefern und silberglänzenden Birken begrenzt, während zu seiner Linken ein imposanter und majestätischer Berg aufragte. Zwischen diesen beiden erstreckte sich eine große Fläche graublauen Wassers, das im schwindenden Sonnenlicht funkelte und glänzte.

Daniels Blick wurde unwiderstehlich von dem Berg angezogen, der das ganze Tal beherrschte. Die unteren Hänge waren grasbewachsen, bestanden jedoch weiter oben aus purem Granit, in dessen zerfurchter Oberfläche sich Höhlen und Bergkämme abzeichneten. Der schneebedeckte Gipfel war weiß. Trotzig und herausfordernd stand der Berg da – wie schon seit Anbeginn der Zeit.

„Das Tal der Schatten!", hauchte Melissa.

In diesem Moment begann Scooby, ohne erkennbaren Grund jämmerlich zu winseln.

„**Was ist denn** mit Scooby los, Daniel?", murmelte Beth und streichelte die junge Hündin, die furchtbar aufgeregt zu sein schien.

„Keine Ahnung. Was ist mit dir, Süße?"

Melissa drehte sich auf ihrem Sitz um und starrte den Hund an. Ihre Augen glitzerten seltsam. „Es ist doch klar, was mit ihr los ist. Hunde sind häufig besonders empfänglich für das Übersinnliche. Wahrscheinlich hat sie schon die ersten ungewöhnlichen Schwingungen aufgenommen."

Beth machte ein entsetztes Gesicht. „Meinst du etwa die von dem Säbelzahntiger?"

„Nein!", fuhr Len dazwischen, bevor Melissa antworten konnte. „Wahrscheinlich muss Scooby nur mal. Am besten parken wir und lassen sie raus!"

Sie schlugen ihr Lager im Herzen des Tals auf.

Daniel und Beth teilten sich mit ihren Vätern jeweils ein Zelt. Nur Melissa bewohnte alleine ein großes Viermannzelt, bei dessen Aufbau alle mit anpackten.

Noch bevor die letzten Heringe eingeschlagen waren, hatte Melissa sich schon nach drinnen verzogen, um ihre Geisterjägerausrüstung auszupacken: Laptops, eine Wärmebildkamera, zwei Nachtsichtaufnahmegeräte, mehrere Bewegungsmelder und außerdem verschiedene tragbare Überwachungsgeräte. Zum Schluss hängte sie noch Schnüre mit Kristallen und Heilsteinen an die Zeltstangen.

Sobald der Gasgrill und der Primuskocher angeschlossen waren, zauberte Len ein warmes Essen. Er versorgte alle mit Getränken, während Scooby aufgeregt bellend im Gras herumsprang. Sie war ganz überdreht und überglücklich, dass sie sich endlich wieder ihre kleinen Beine vertreten konnte.

Der Abend war noch warm und die Sonne, die langsam im See versank, tauchte das Wasser in ein atemberaubendes Farbenspiel aus Blutrot und Gold. Alle waren total entspannt. Nur Melissa schien es nicht abwarten zu können, mit der Arbeit zu beginnen.

„Wir müssen uns all die Orte vornehmen, wo schon einmal außergewöhnliche Dinge registriert wurden", verkündete sie zwischen zwei hastigen Bissen Grillwürstchen. Sie hatte eine selbst gezeichnete Landkarte auf ihrem Schoß liegen, auf der bestimmte Punkte markiert waren. Zum Beispiel stand da „Lager der Familie Laird", „Kampfgeschrei gehört", „erstes Auftauchen der Bestie" und „Kinder von Säbelzahntiger gejagt".

Plötzlich verstummte Melissa. Sie erstarrte regelrecht und nur ihre Augen zuckten nervös hinter den getönten Brillengläsern hin und her. Als sie schließlich wieder sprach, war ihre Stimme so leise und gepresst, dass Daniel unerwartet ein Schauer über den Rücken lief. „Es ist hier ... könnt ihr es spüren? Fühlt ihr, wie die Kraft seines unsterblichen Geists uns umgibt?"

Daniel fand Melissas Auftritt so lächerlich, dass er am liebsten laut losgeprustet hätte. „Unsterblicher Geist" ... was für ein Quatsch! Doch dann bemerkte er den Blick seines Vaters, der ihn wortlos ermahnte, sich nicht über sie lustig zu machen. Also biss er sich auf die Lippe, während Melissa weiter in ihre übersinnlichen Welten abdriftete.

„Sein Geist wird die Oberhand gewinnen ... Ich spüre es ... Wir befinden uns hier in einem Strudel spiritueller Energie." Sie schwankte beim Reden leicht hin und her.

Beth verzog ängstlich das Gesicht. „Wenn *du* dieses Wesen spüren kannst, spürt es *uns* dann nicht auch? Glaubst du, es weiß, dass wir hier sind, um nach ihm zu suchen?"

„Das kann man nur hoffen", erwiderte Melissa und schaute mit verschleiertem Blick in die Ferne.

„Aber was ist, wenn es uns verfolgt?", fragte Beth besorgt und rückte näher an ihren Vater heran. „Was, wenn es keine Leute hier haben mag? Dad, was ist, wenn ..."

Len nahm sie tröstend in den Arm. „Zerbrich dir darüber nicht den Kopf, Liebes. Hier gibt es nichts, das uns etwas tun könnte. Nicht das Geringste – großes Ehrenwort!"

Nach dem Essen wurden Daniel und Beth zu

Chefabwäschern ernannt. Obwohl es Daniel mehr Spaß machte, Scooby mit Seifenschaum zu bespritzen und sie zum Bellen zu bringen.

Melissa, die schwer beladen mit ihrer Ausrüstung aus dem Zelt kam, warf ihm einen missbilligenden Blick zu. „Könntest du bitte dafür sorgen, dass dieser Hund nicht so einen Radau macht? Er wird noch alle übernatürlichen Wesen verscheuchen."

Ohne eine Antwort abzuwarten, stapfte sie davon und murmelte dabei leise vor sich hin, dass es eine Schnapsidee gewesen sei, Kinder und Tiere mitzunehmen. Die beiden Väter marschierten hinter ihr her wie zwei Soldaten, die ihrem Feldwebel folgen.

„Wir sind nicht lange weg, Kinder", rief Andrew ihnen über die Schulter zu. „Wir wollen uns nur ein paar Stellen im Tal genauer ansehen."

Kaum waren sie verschwunden, schnipste auch Beth Seifenschaum auf Scooby und sagte zu ihr: „Bell so viel du magst. Wir wollen sowieso nicht, dass hier irgendwelche blöden toten Säbelzahntiger rumhängen."

„Melissa spinnt doch total!", schnaubte Daniel

und stapelte die sauberen Teller aufeinander. „Sie kann nicht ganz dicht sein, wenn sie glaubt, dass irgend so ein prähistorischer Säbelzahntiger in unser Camp geschlichen kommt, um für ein Foto zu posieren."

„Hauptsache, er kommt nicht angeschlichen und versucht, uns zu verputzen!"

Es war deutlich zu merken, wie sehr Beth diese Geistergeschichte beunruhigte. Deswegen beschloss Daniel, sie abzulenken, indem er nun *sie* mit Seifenschaum attackierte.

Beth planschte zurück und kreischte vor Lachen, als ihm das Abwaschwasser von der Nase tropfte.

Daniel revanchierte sich mit einer Handvoll Schaum, was Scooby zu einem lauten, aufgeregten Kläffen veranlasste. Doch das scheuchte nichts weiter auf als einen großen grauen Hasen, der sich ungesehen näher geschlichen hatte und der nun erschrocken in Richtung Wald davonflitzte.

Und ein anderes Wesen, das sich in tiefem Schlaf räkelte.

Hoch auf einem Bergkamm, der das Tal der Schatten überragte, regte sich etwas. Tarak streckte seine körperlose Gestalt, ohne dabei ein Staubkörnchen oder den winzigsten Kieselstein zu bewegen.

Die riesige Bestie, die in prähistorischer Zeit das Tal unsicher gemacht hatte, ruhte hier in zufriedenem Schlummer – irgendwo zwischen den Ebenen der realen Welt und der Ewigkeit. Mit keiner anderen Erwartung, als für immer an diesem Ort, in ihrem Revier bleiben zu können.

Doch ihr Frieden wurde für einen Sekundenbruchteil unterbrochen. Die Bestie bewegte sich unruhig in ihrem langen Schlaf wie eine dösende Katze, die mit Schwanz oder Schnurrhaaren zuckte, um eine störende Fliege zu verscheuchen. Für einen Moment glitten die langen, rasiermesserscharfen Krallen aus den riesigen Pfoten, wie um zu testen, ob sie noch funktionierten. Dann zogen sie sich langsam wieder zurück.

Irgendetwas störte Taraks ewige Ruhe. Es war wie das nervtötende Summen eines Insekts, nur dass es sich nicht um Summen, sondern um Bellen handelte.

Das hohe aufgeregte Kläffen eines jungen Hundes.

In den tiefsten Tiefen von Taraks Erinnerung brodelte es. Doch nach einem kurzen Schlag seines mächtigen Schwanzes schlief er weiter. Die Klänge, Bilder und Gerüche dieser Welt kümmerten ihn nicht länger.

Taraks Leben als sterbliches Wesen war nun schon seit Tausenden von Jahren vorbei. Nur sehr selten und nie für lange brachte er die nötige Energie auf, um in die Welt zurückzukehren, die er vor Urzeiten bewohnt hatte. Und auch nur dann, wenn er zu lange davon geträumt hatte zu jagen. Wenn er dem überwältigenden Wunsch nachgab, die Erregung beim Anpirschen an die Beute zu spüren, gefolgt von dem Moment des Angriffs und dem Genuss des warmen Fleischs.

Oder wie beim letzten Mal, als er befürchtet hatte, sein Mörder sei zurückgekehrt. Denn in dem jungen Männchen, das in sein Tal gekommen war, hatte er den Menschen wiedererkannt, der vor vielen, vielen Jahrhunderten seinem sterblichen Leben ein Ende gesetzt hatte …

Damals hatte Tarak keine andere Wahl gehabt,

als wieder in die reale Welt zurückzukehren. Diese Anstrengung hatte ihn zutiefst erschöpft. Und schließlich war der Junge wieder verschwunden, ohne dem Geist der Bestie etwas anhaben zu können. Seit diesem Erlebnis waren andere Menschen in Taraks Tal ein- und ausgegangen, ohne ihn zu stören.

Inzwischen nahm er die Welt der Sterblichen kaum noch wahr. Nur Weniges unterbrach seinen unendlichen Traum.

Die letzten Sonnenstrahlen zauberten leuchtende orangefarbene und silberne Streifen auf den tiefblauen Himmel. Außerdem brachen sie sich in Tausenden von Farben auf der Oberfläche des Sees.

Gefolgt von der kleinen Scooby, schlenderten Daniel und Beth zum Ufer. Dort wuchsen Rohrkolben, die ihnen bis zur Taille reichten. Das Wasser schimmerte im Abendlicht, es glitzerte und blinkte und schien in ständiger Bewegung zu sein. Fast konnte man meinen, dort draußen sei etwas.

„Ich wüsste gerne, wie tief der See ist", sagte

Beth, während sie mit der Hand durch das hohe Schilf fuhr.

„Das weiß ich zufällig", erwiderte Daniel grinsend. „Ich habe neulich etwas darüber gelesen. An manchen Stellen sind es zweihundertfünfzig Meter – das ist ganz schön tief!"

Beth beschattete ihre Augen mit der Hand, während sie über das Wasser blickte. „Dann hat ein Seeungeheuer ja genug Platz, oder?"

„Ja, aber das hier ist nicht Loch Ness", gab Daniel zu bedenken. „Und ich habe noch nie von dem Monster von Loch Endrith gehört! Klingt auch längst nicht so gut."

„Stimmt, das Endrith-Tal hat wahrscheinlich seine eigenen Geisterwesen … Oh! Was ist das?" Sie sprang erschrocken ein Stückchen zurück.

„Mann, bist du nervös!" Daniel lachte und schaute hinaus auf den See. Aber dort war außer der leicht gekräuselten Wasseroberfläche nichts zu sehen.

Beth kam näher und klammerte sich regelrecht an seinen Arm. „Ich dachte, ich hätte etwas gesehen, das sich bewegt. Sieh mal, da drüben!"

Daniel schaute genauer hin und kniff die Augen gegen das blendende Abendlicht zusammen. Kleine sanfte Wellen wogten im Wasser und schwappten dann gegen das Ufer … als würde dort draußen etwas schwimmen … genau auf sie zu.

Die Härchen in seinem Nacken stellten sich auf. Vielleicht war dort tatsächlich etwas, dicht unter der Oberfläche. Und nachdem zu urteilen, wie das Wasser sich kräuselte, musste es etwas Großes sein.

Ein Monster! Ein Überbleibsel aus prähistorischen Zeiten … wie das Monster von Loch Ness.

Oder die Bestie …

Beth brauchte Daniel bloß ängstlich anzusehen – und schon ging seine Fantasie mit ihm durch! Entschlossen hob er ein Stück Holz auf und schleuderte es so weit, wie er konnte, auf den See hinaus. „Mach dir keine Sorgen, das ist nur der Wind", sagte er.

Als sie das Platschen hörte, begann Scooby lauthals zu kläffen. Sie hüpfte aufgeregt am Ufer hin und her und bellte die Wellen an, die an Land schwappten.

„Ich bin ganz sicher, dass ich etwas gesehen

habe!", murmelte Beth, die sich in einiger Entfernung vom Wasser hielt.

„Wahrscheinlich war es nur ein Fisch, der hochgesprungen ist. Übrigens, mein Vater hat seine Angelruten mitgebracht, damit er hier fischen kann. Das heißt, falls ihm Melissa wegen guter Führung zwischendurch mal freigibt. Außerdem haben wir ein kleines Schlauchboot dabei. Das könnten wir ausprobieren. Es sei denn, du bist zu feige, um dich da raus zu wagen!"

Sie warf ihm einen trotzigen Blick zu. „Ich bin überhaupt nicht feige!"

Er grinste. „Umso besser! Das wird lustig."

Sie liefen weiter und achteten darauf, sich von den Erwachsenen fernzuhalten, damit sie keins von Melissas „übersinnlichen Wesen" störten. Scooby tapste vor ihnen her, spritzte im flachen Wasser herum und wurde von Minute zu Minute dreckiger vor Matsch.

Im Tal herrschte eine solche Stille, dass es schon fast unwirklich war. Nur Scoobys gelegentliches Bellen schallte unheimlich durch das Tal.

Direkt vor ihnen ragte der riesige Berg auf. Das Weiß seines schneebedeckten Gipfels verwandelte sich in fahles Grau, als sich der Tag dem Ende zuneigte. Während sie weiterschlenderten, musterte Daniel die schroffen Felswände. Die zerklüftete Oberfläche war ideal als Nistplatz für Raubvögel geeignet ... *und als Versteck für einen geisterhaften Säbelzahntiger.*

Daniels Magen zog sich schmerzhaft zusammen. Woher kam plötzlich dieser Gedanke? Und warum bekam er ihn nicht wieder aus dem Kopf?

„Du bist so still. Was ist los?", fragte Beth nach einer Weile.

„Nichts. Ich bin bloß so beeindruckt von allem hier", schwindelte er. Es gab keinen Grund, Beth zu erzählen, was ihn wirklich beschäftigte. Sie war schon ängstlich genug.

Außerdem war es sowieso eine dämliche Idee gewesen.

Hoch über ihnen zog ein Falke seine Kreise. Er wurde von den warmen Luftströmungen emporgetragen und segelte majestätisch durch die Lüfte. Dann stieß er nach unten, landete auf einem Felsvorsprung und verschwand außer Sichtweite.

„Ich weiß, was du meinst." Beth seufzte. „Es ist so schön hier. Man kann sich gar nicht vorstellen, dass dies vor einigen Jahrhunderten ein Schlachtfeld war, wo die Clans gegeneinander gekämpft haben. Das ist so dumm. Hätten sie nicht alle zusammen friedlich in diesem wunderschönen Land leben können?"

„Ja, ganz schön verrückt, nicht?", stimmte Daniel zu. Er versuchte, seine seltsame Vorahnung abzuschütteln, indem er einen Tennisball für Scooby warf. Er konnte es kaum glauben, als seine kleine Hündin hinterherjagte und ihn tatsächlich zurückbrachte. „Hey! Gut gemacht, Scooby!"

Beth warf als Nächste, schaffte es allerdings nicht ganz so weit. Während sie zusahen, wie der Welpe begeistert hinterherlief, sagte sie: „Mein Dad hat mir erzählt, dass Hunderte von Highlandern in der Schlacht von Endrith gestorben sind. Der Kampf begann im Morgengrauen und als der Tag sich seinem Ende zuneigte, war kaum noch jemand am Leben. Und all das ist hier passiert – in diesem wunderschönen, friedlichen Tal."

Daniel warf ihr unauffällig einen Blick zu. Sie wirkte schon wieder ein bisschen besorgt. „Hey! Wenn du jetzt auch so 'ne Show abziehst wie die verrückte Melissa, werfe ich dich in den See", sagte er grinsend und tat so, als wollte er seine Drohung wahrmachen.

Sein Ablenkungsmanöver klappte. Beth rannte kreischend weg, dicht gefolgt von Daniel und Scooby, die aufgeregt kläffte.

Das Gebell des Welpen hallte durch die Ebene und wurde vom Wind zu einem felsigen Bergkamm getragen. Und hier, in luftiger Höhe und unsichtbar für das menschliche Auge, begann sich erneut eine mächtige Gestalt zu rühren.

Ein Schwanz zuckte, als wolle er eine lästige Fliege verscheuchen … und ein winziges Steinchen flog von dem Felsen, als wäre es von einer starken Brise davongeweht worden.

„Also, Leute, was haben wir bis jetzt?", fragte Melissa Iona Isis, als sich alle unter dem Vordach ihres Zelts versammelten, um die Werte ihrer Messgeräte zu vergleichen. Von den Zeltstangen baumelten Lampen. Und Motten in allen Formen und Größen umflatterten wie verrückt den orangefarbenen Schein.

„Nichts Ungewöhnliches", erwiderte Andrew und blätterte so konzentriert in seinem Notizbuch, als ginge es um ein schweres Verbrechen. „Um neun Uhr lag die Temperatur bei zwanzig Grad, die elektromagnetische Feldanzeige war im absoluten Normalbereich. Eine Stunde später war die Temperatur um ein Grad gefallen. Alles völlig unauffällig für einen Augustabend."

„Ausgezeichnet!", rief Melissa und warf einen Blick auf ihre Armbanduhr. „Dann wollen wir doch mal sehen, was für Veränderungen sich ergeben, wenn wir dieselben Gebiete erst um Mitternacht und dann wieder um drei und um fünf Uhr morgens überwachen. Wir müssen zunächst einmal die Werte für die normalen Nächte im Tal aufzeichnen, um sie dann mit den eventuellen Abweichungen am Jahrestag der Schlacht abgleichen zu können."

Daniel sah sie entsetzt an. „Aber weckt mich bloß nicht auf!"

Beth hakte sich fest bei ihrem Vater ein. „Soll

das heißen, dass du mich mitten in der Nacht alleine lassen willst?"

„Immer nur für kurze Zeit", versicherte ihr Len. „Und wir sind auch nicht weit weg. Weißt du was, ich lasse dir mein Handy hier. Darin sind außerdem Andrews und Melissas Nummern gespeichert. Wenn irgendetwas ist, rufst du uns einfach an."

Daniel warf einen Blick auf sein Handy. „Also, ich kriege hier kein Signal."

Melissa hob eine Augenbraue. „Denkt daran, dass jeder eurer Anrufe von den Messgeräten eurer Väter aufgezeichnet wird. Ruft also bitte nur an, wenn es sich wirklich um einen Notfall handelt … falls eure Handys hier überhaupt funktionieren."

„Meins tut's jedenfalls nicht!" Daniel zuckte mit den Schultern und schob es zurück in die Tasche. Als er Beths langes Gesicht sah, versetzte er ihr einen aufmunternden Knuff. „Wenn du willst, kannst du einen Wachhund in deinem Zelt haben."

Ihr Gesicht leuchtete auf. „Scooby? Wirklich, ist das dein Ernst?"

„Ja, sie wird dich vor herumstreifenden, beutegierigen Killerkaninchen beschützen."

„Oh, wow! Das ist super. Danke!" Sie nahm Scooby auf den Arm und tanzte mit ihr im Kreis herum. „Du wirst bei mir im Zelt schlafen, Süße! Das ist doch okay, Dad, nicht wahr?"

Len stieß ein leises Lachen aus. „Klar, wenn Daniel nichts dagegen hat."

„Ich werde vorm Schlafengehen noch eine Runde mit ihr drehen", sagte Daniel und nahm Scooby wieder in Empfang, bevor ihr schwindelig wurde. „Wir wollen doch nicht, dass ihr ein Missgeschick passiert, oder? Na, komm, Kleine."

Sie gingen hinaus in die Dunkelheit, fort von den Zelten und vom Schein der Lampen. Scooby trabte schwanzwedelnd vor ihm her. Ab und zu drehte sie sich um und stürzte sich mit einem großen Sprung auf die Schnürsenkel von Daniels Turnschuhen.

Der Mond sah aus wie eine riesige silberne Laterne, die über dem See schwebte. Er beleuchtete das Wasser und verwandelte es in eine weite Fläche aus durchscheinendem Glas. Als Daniel beim Laufen aufblickte, konnte er deutlich das Gesicht des Mannes im Mond sehen. Natürlich wusste er, dass dies in Wirklichkeit die Krater und Berge auf der Oberfläche waren. Aber in Nächten wie dieser konnte man sich mühelos vorstellen, dass da ein großes leuchtendes Gesicht auf die Welt herablächelte.

Während er weiterlief, wurden die Stimmen der anderen hinter ihm immer leiser, bis sie zu einem schwachen Murmeln in der Ferne verblassten. Die Stille des Tals legte sich unvermittelt wie eine dicke, schwere Decke über ihn. Auf einmal hörte er nur noch seine Schritte im Gras und Scoobys Schnüffeln, die im Zickzack vor ihm her trottete.

Urplötzlich ragte eine Reihe von großen, imposanten Bäumen vor ihm auf. Es wirkte, als würden ihm riesige schattenhafte Wächter trotzig den Weg versperren.

Daniel blieb abrupt stehen, als er merkte, wie weit er sich schon vom Camp entfernt hatte.

„Nicht da lang, Scooby!" Sein Ruf durchschnitt die Finsternis und erschrockenes Rascheln und Quieken erfüllte die Luft. Daniel drehte sich um. Der Wald war schwarz … und unheimlich. Auf jeden Fall kein Ort, den man um diese Zeit betreten sollte.

Scooby sah das offenbar anders. Schwanzwedelnd trabte sie genau auf die Bäume zu.

„Scooby, komm zurück!", schrie Daniel aus voller Kehle. Aber die Kleine war schon fast außer Sicht und bald nur noch ein verschwommener bleicher Klecks in der Dunkelheit.

„Scooby, bei Fuß!" Er fühlte, wie Panik in ihm aufstieg und sich wie ein eisernes Band um seine Brust legte. Seine Stimme klang ganz zitterig. Daniel stürzte auf seine Hündin zu, aber die flitzte davon, als ob sie ihn ärgern wollte. „Nein, Scooby! Komm zurück! Hierher, Kleine … hierher …"

Der verschwommene Umriss des Welpen wurde schwächer und war kurz darauf verschwunden – verschluckt von dem dunklen, abweisenden Wald.

Mit wild hämmerndem Herzen raste Daniel hinter Scooby her und versuchte verzweifelt, sie zu erwischen, bevor sie zu tief ins Dickicht geriet und nicht wieder herausfand.

Mit dem Mond als einziger Lichtquelle rannte

er dahin, ohne zu sehen, wohin er seine Füße setzte. Er erwartete schon, jeden Moment zu stolpern. Als die beeindruckende Armee der Bäume sich immer enger um ihn schloss, umfing ihn schließlich undurchdringliche Schwärze.

Und von Scooby keine Spur.

03

„**Scooby!**", **brüllte Daniel,** dem ganz schlecht vor Angst war. Schwer atmend stand er da, umgeben von den hoch aufragenden Baummonstern. Für eine Sekunde war er sicher, einen tiefen Seufzer gehört zu haben. Als würde der Wald sich nach Gesellschaft sehnen, ob in Form von willkommenen Besuchern oder als unglückselige Beute.

Aber vielleicht spielte seine Einbildung ihm auch einen Streich und es war nur der Wind, der durch das Geäst strich. Mit klopfendem Herzen stand er da und lauschte verzweifelt auf das vertraute Bellen von Scooby. Doch nur eine kalte, leere Stille antwortete ihm.

Inmitten der Baumriesen kam er sich wie ein Gefangener vor. Einige standen stramm wie Soldaten. Andere waren gebeugt und verdreht, wie grausige alte Männer, die krampfhaft versuchten zu erspähen, wer da kam. Mondlicht fiel durch die Äste und warf seltsame Schattenmuster auf den Waldboden.

„Scooby!", rief Daniel mit bebender Stimme. „Scooby, bitte …"

Ein plötzliches Rascheln ließ ihn erschrocken zusammenfahren. Dann kam seine Hündin aus der Dunkelheit auf ihn zugestürmt. Sie stieß gegen seine Beine und winselte jämmerlich, weil sie hochgehoben werden wollte.

Daniel schossen vor Erleichterung die Tränen in die Augen. Rasch nahm er Scooby hoch und hielt sie ganz fest, während er seine Lippen auf ihren Kopf presste. „Du schlimmer Hund, du. Hast du mir einen Schreck eingejagt!" Die kleine Hündin schlotterte – und sie war nicht die Einzige.

Scooby an sich gepresst, verließ Daniel den Wald. Sein Blick schoss von rechts nach links, während er sich kaum vorzustellen wagte, was seinen Welpen dazu gebracht hatte, wie Espenlaub zu zittern.

Vor ihm erstreckte sich in blassem Grau der See – und daneben die weitläufige schwarze Fläche des dunklen Tals.

Daniel ging mit schnellen Schritten und sah sich ständig um, aus Angst, etwas könne sich in der Nähe verstecken. Etwas, das sie beobachtete ... das sich an sie heranpirschte ... Plötzlich wünschte er, er hätte den Zeitungsartikel nie gelesen. Wieder und wieder gingen ihm die Worte durch den Kopf.

„Die Bestie hat sich an uns angeschlichen. Mein Bruder und ich mussten um unser Leben rennen."

Daniel schwitzte. Das T-Shirt klebte ihm auf der Haut und sein Herz schlug so heftig, dass es wie Paukenschläge in seinen Ohren dröhnte.

Der Mond, der über dem See schwebte, schien nicht länger freundlich zu lächeln. Er erstrahlte nun in einem bleichen, unnatürlichen Licht. Daniel kam es fast so vor, als würde er ihn höhnisch angrinsen.

Der riesige Berg, der in einiger Entfernung aufragte, wirkte wie eine Theaterkulisse. Mitten im Tal flackerten mehrere orangefarbene Lampen wie Leuchtfeuer in der Finsternis. Daniel hielt schnurstracks darauf zu.

Scooby immer noch fest umklammert, lief er

hastig weiter, bis er Stimmengemurmel hörte und einzelne Gestalten sah, die vom Licht in den Zelten angestrahlt wurden.

Beth stand im offenen Eingang des großen Zelts und schaute hinaus in die undurchdringliche Schwärze. Daniel winkte, aber sie konnte ihn nicht sehen. Plötzlich ging ihm auf, wie gut sichtbar ihr Camp war, das mitten in der wilden, offenen Landschaft lag. Wie leicht konnte einer von ihnen in der Nacht angegriffen werden, wenn gefährliche Raubtiere auf der Pirsch waren.

„Aber hier in der Gegend gibt es nur Füchse und Dachse, Scooby", sagte er übertrieben laut zu seiner Hündin, als wollte er damit das Hämmern seines Herzens übertönen. „Vielleicht noch ein paar Rehe oder Hirsche, aber nichts wirklich Gefährliches wie Bären oder Wölfe oder …" Stopp! Er wollte gar nicht erst damit anfangen, wieder an diesen blöden Geistertiger zu denken. Stattdessen rief er Beth zu: „Hey! Wir sind hier drüben!"

Am liebsten wäre er losgerannt. Aber dann wäre Beth vielleicht auf die Idee gekommen, er fürchte sich vor der Dunkelheit. Also machte er nur größere Schritte und plapperte dabei drauflos: „Ganz schön dunkel hier draußen! Hast du den Mond gesehen? Irre, nicht?"

Sobald Beth ihn erkennen konnte, lief sie auf ihn zu. „Da bist du ja! Ich habe mir schon Sorgen gemacht."

„Mit uns ist alles in Ordnung. Wir haben einen netten kleinen Spaziergang gemacht, nicht wahr, Scooby?", log er.

Beth musste einen Schritt zulegen, um mit ihm mithalten zu können. Daniel hatte gar nicht gemerkt, wie schnell er gegangen war. Er zwang sich, langsamer zu werden.

„Macht es dir auch bestimmt nichts aus, wenn Scooby in meinem Zelt schläft?", fragte Beth, die immer noch neben ihm herjoggte.

„Kein Problem", antwortete er, fest entschlossen, nicht über die Schulter zu blicken, um zu sehen, ob ihnen etwas folgte.

Beth warf ihm einen erstaunten Blick zu. „Bist du wirklich okay, Daniel?"

„Na, klar. Was soll denn sein?"

„Du siehst ein bisschen ängstlich aus."

„Ängstlich!", rief Daniel. „Wovor sollte man

hier schon Angst haben? Das ist nur dieses komische Mondlicht", fügte er schulterzuckend hinzu. Er war heilfroh, als sie endlich im warmen Schein der Lampen ankamen, wo die Erwachsenen immer noch mit ihrer Ausrüstung beschäftigt waren. Daniel sah ihnen eine Weile zu, holte schließlich tief Luft und fragte dann mit aufgesetzter Fröhlichkeit: „Na, schon irgendwelche Geister entdeckt?"

„Noch nicht", antwortete Melissa. Sie blickte kurz auf, stutzte dann und sah ihn über den Rand ihrer Brille hinweg forschend an. „Aber *du* hast einen gesehen, stimmt's?"

„Ich?" Daniel lachte. „Das wäre ja noch schöner!"

Daniel spürte heißen Atem auf seinem Gesicht. Zwei schmale, bedrohlich gelbe Augen starrten auf ihn hinab. Am liebsten hätte er geschrien und wäre weggerannt, aber starr vor Entsetzen konnte er sich keinen Fingerbreit bewegen. Er war wie gelähmt von dem Gewicht, das auf ihm lag und ihn gefangen hielt. Schwarze Lefzen zogen sich zurück und enthüllten zwei lange, scharfe Säbelzähne, von denen warmer Geifer auf sein Gesicht tropfte.

Heftig keuchend fuhr Daniel in seinem Schlafsack hoch. Im nächsten Moment segelte ein verblüffter Welpe quer durch das Zelt.

Mit einem energischen „Wuff!" hüpfte Scooby wieder auf Daniels Brust, wedelte wie verrückt mit dem Schwanz und schleckte ihn mit ihrer warmen kleinen Zunge ab.

„Scooby, hast du mich erschreckt! Wie bist du denn hier reingekommen? Ich dachte, du wärst ein … Ach, ist ja auch egal!" Dann streichelte er die Kleine ausgiebig, um sich bei ihr für den unfreiwilligen Flug zu entschuldigen. So langsam sah auch er Gespenster!

Zusammen mit dem köstlichen Duft von brutzelndem Speck drangen Stimmen von draußen herein. Die frische Morgenluft blies die letzten, langsam verblassenden Überreste von Daniels Albtraum davon.

„Guten Morgen!", wurde er von allen begrüßt.

Er gähnte. „Ich dachte, ihr wolltet letzte Nacht auf Geisterjagd sein?"

„Waren wir ja auch", sagte sein Vater und reichte

ihm eine Tasse Tee. „Aber du hast tief und fest geschlafen."

„Dafür habe ich euch kommen und gehen hören", sagte Beth, die einen Teller mit Rührei und Speck auf dem Schoß balancierte. „Zum Glück hatte ich einen großen, tapferen Wachhund neben mir liegen. Deswegen ging's mir super."

Melissa blätterte in einem schmalen Reiseführer. „Hört mal her, hier ist ein Kapitel über die Schlacht von Endrith. Das klingt ziemlich interessant." Sie sah von dem Buch auf. „Meine Herren, da übermorgen der Jahrestag ist, müssen wir besonders sorgfältig bei der Erfassung der Daten vorgehen. Nur so können wir exakte Vergleiche anstellen, wenn wir übersinnliche Phänomene überprüfen wollen."

„Und was liegt heute an?", fragte Daniel mit vollem Mund, während er sein Frühstück in sich hineinschaufelte.

„Vielleicht ein bisschen Fischen", erwiderte sein Vater mit einem hoffnungsvollen Blick auf den See.

Doch Melissa hatte andere Pläne. „Eigentlich dachte ich, wir würden in dem Gebiet rund um den Berg ein paar Messungen durchführen. Die kleine Laird behauptet, sie hätte die Bestie zuerst bei Tageslicht gesehen, als sie den Bergrücken hinuntersprang. So könnten wir unseren Aufenthalt hier optimal ausnutzen."

Daniel stöhnte im Stillen. Na, toll! Tag und Nacht auf Geisterjagd!

Als sie aufbrachen, um den Endrith-Berg zu untersuchen, wirkten sie eher wie ein Expeditionsteam, das den Mount Everest vermessen wollte. Die Erwachsenen trugen Wanderstiefel und schleppten Rucksäcke, die bis obenhin mit ihren Instrumenten vollgepackt waren. Daniel und Beth nahmen etwas zu trinken und einen Ball mit.

Als sie näher kamen, erfüllte Daniel der majestätische Anblick des Berges mit einem Gefühl von Ehrfurcht. Er war so unglaublich riesig, ein wahrer Gigant.

Unter ihren Füßen verwandelte sich der blumenübersäte Boden zunehmend in felsigen Untergrund, als der Hang langsam anstieg. Schon bald wurde es richtig steil. Sie mussten über Steinblöcke und Felsen klettern, die im Laufe der

Zeit vom Berg abgebröckelt waren und Moos angesetzt hatten.

Ab und zu blieben die Erwachsenen stehen, um ihre Messungen vorzunehmen.

Beth machte ein ängstliches Gesicht. „Was soll denn hier passiert sein, Dad?", fragte sie.

„Dieses Mädchen ist der Meinung, sie habe eine Art Lichtblitz im Zickzack den Berg hinunterflitzen sehen", erklärte Len, während er einen Blick auf den kleinen Ionenmesser in seiner Hand warf und dann wieder zum Berg aufblickte. „Wie du ja weißt, breitet sich Licht normalerweise in einer geraden Linie aus und bewegt sich nicht im Zickzack."

„Ihr glaubt also, es war die Bestie?", hakte Beth mit ernster Miene nach.

„Das würde Sinn machen", schaltete sich Melissa ein. Sie hievte sich auf eine flache Felsplatte, wo sie so hoch aufgerichtet stehen blieb, wie es ihre kleine, stämmige Gestalt erlaubte.

Sie wandte ihr Gesicht zum Himmel, während ihr Haar wild im Wind wehte. Mit erhobenen Armen rief sie aus: „Wesen der Vergangenheit, zeige dich uns. Wir wollen dir nichts Böses!"

Daniel und Beth sahen sich verblüfft an. Daniel grinste.

„Ich fühle, dass du in der Nähe bist!", fuhr Melissa fort. „Lass uns deine Gegenwart spüren, oh mächtige Bestie!"

„Jetzt ist sie total durchgeknallt!", zischte Daniel Beth zu und versuchte krampfhaft, das Lachen zu unterdrücken. Beth fand das Ganze offenbar gar nicht komisch und rückte unauffällig näher an ihren Vater heran.

„Wir möchten nur mit dir in Kontakt treten!", setzte Melissa wieder an. „Gib uns ein Zeichen, einen Hinweis auf deine Anwesenheit …"

Alle standen bewegungslos da. Selbst Scooby regte sich nicht, während sie die Verrückte auf dem Felsen anstarrten, die versuchte, einen Geist zu beschwören.

Daniel juckte es, einen Witz zu reißen, aber sein Vater warf ihm einen strengen Blick zu, der deutlich besagte: „Denk nicht mal dran!"

Melissa fuhr mit ihrem seltsamen Singsang fort. „Oh, Bestie! Geist einer verlorenen Welt, zeige dich uns. Gib uns ein Zeichen. Beweise uns, dass du existierst …" Sie blickte zu Andrew hinunter und zischte ihm zu: „Halt den Camcorder bereit!"

Beth hatte sich regelrecht hinter ihren Vater verkrochen, während Len konzentriert seinen Ionendetektor studierte. Andrew befolgte Melissas Anweisung und richtete die Kamera auf den Berg.

Melissa blieb mit hoch erhobenen Armen auf dem Felsen stehen. Ihr Haar und ihre weiten Kleider wehten im Wind und auf ihrem Gesicht lag ein entrückter Ausdruck. Leise murmelte sie vor sich hin: „Ich *weiß*, dass dieses Geschöpf in der Nähe ist. Ich *fühle* seine Gegenwart." Sie presste sich ihre Fingerspitzen an die Schläfen, als wollte sie ihre wild flatternden Lider beruhigen.

Daniel machte sie unauffällig nach, in der Hoffnung, Beth damit zum Kichern zu bringen und ihre ängstliche Miene zu vertreiben. Merkte sie denn nicht, dass Melissa nicht ganz dicht war? Ihre Chancen, Blut aus einem Stein zu pressen, waren höher, als ein prähistorisches Gespenst herbeizurufen.

Plötzlich begann Scooby zu bellen.

„Haltet den Hund ruhig!", zischte Melissa, die Fingerspitzen immer noch an die Schläfen gepresst und die Augen fest geschlossen. „Und wenn du dich über irgendwen lustig machen willst, Daniel Glenn, dann tu das gefälligst woanders."

Das brachte ihm erneut einen mahnenden Blick seines Vaters ein, den Daniel mit einem unschuldigen Schulterzucken beantwortete. Aber er fragte sich, woher Melissa das mit geschlossenen Augen wissen konnte.

„Die Welt der Geister ist sehr empfänglich für die jeweilige Atmosphäre und die Einstellung ihr gegenüber", sagte sie mit leiser, monotoner Stimme, fast als würde sie seine Gedanken lesen. „Wenn ein Geistwesen spürt, dass wir es nicht mögen oder uns über es lustig machen, wird es kaum gewillt sein, mit uns zu kooperieren."

Dann verfiel sie wieder in Schweigen und alle standen stumm und abwartend da. Nach einer Weile begann Daniels Nacken zu schmerzen, weil er so lange den Berg hinaufgestarrt hatte. Und bunte Lichter tanzten wie regenbogenfarbene Punkte vor seinen Augen. Mann, war das öde!

Er gab Beth ein Zeichen, ihm zu folgen, und flüsterte seinem Vater zu, dass sie sich ein bisschen in der Umgebung umsehen wollten.

„Aber lauft nicht zu weit weg", flüsterte Andrew zurück, den Blick unverwandt auf den Sucher des Camcorders gerichtet.

Daniel ging voraus, Scooby folgte dicht auf den Fersen und Beth bildete die Nachhut. Sollen die doch mit ihrer blöden Geisterjagd weitermachen, dachte er. Wir haben was Besseres zu tun.

„Vielleicht hat dieses Mädchen Halluzinationen gehabt", meinte Daniel, während er sich einen Weg zwischen den moosbewachsenen Steinen hindurch suchte. „Es kann einen ganz schön durcheinanderbringen, wenn man die ganze Zeit auf die Felsen starrt."

„Stimmt", bestätigte Beth. „Was war das denn eben für 'ne Nummer? Melissa hat mich richtig erschreckt! Ich dachte schon, der Geist würde tatsächlich erscheinen. Was hätten wir denn dann tun sollen?"

Für den Bruchteil einer Sekunde schoss Daniel ein Bild durch den Kopf – von gelben Schlitzaugen, fauchend zurückgezogenen Lefzen und langen Säbelzähnen. Er verdrängte den Gedanken und zwang sich zu einem Lachen.

„Na, was schon? Ihm den Kopf tätscheln und sagen ‚Nett, Sie kennenzulernen, liebe Bestie. Könnten Sie sich vielleicht für ein Foto mit uns aufstellen und dann wieder dahin verschwinden, wo Sie hergekommen sind, ohne uns aufzufressen?'"

„Es ist gefährlich, nicht wahr?", sagte Beth mit ernster Stimme. „Ich meine, mit Geistern und diesen Dingen herumzuspielen ... *wenn* es sie wirklich gibt."

„Es gibt aber keine!", erwiderte Daniel mit Nachdruck. „Und jetzt vergessen wir diese Verrückte einfach mal und spielen Höhlenforscher. Siehst du, was ich sehe?"

Direkt vor ihnen befand sich ein gähnendes schwarzes Loch. Es sah aus, als sei es direkt aus dem Berg geschnitten worden, wie in einem Comic der Familie Feuerstein.

„Ich geh da nicht rein!", verkündete Beth und blieb wie angewurzelt stehen. „Und du solltest das auch nicht tun."

„Warum nicht? Sieht doch cool aus."

„Es sieht unheimlich aus und irgendwie böse!", widersprach Beth. Sie bückte sich und hielt Scooby fest, damit sie nicht näher heranging.

Daniel zuckte mit den Schultern. „Dann bleibst du eben hier, wenn du zu feige bist."

„Ich bin nicht feige, aber ich bin auch nicht dumm. Diese Höhle kommt mir irgendwie gefährlich vor!"

Ohne Beth weiter zu beachten, kletterte Daniel über die Felsen auf den stockdunklen Eingang zu. Dort angekommen, zögerte er plötzlich. Eine unangenehme Kälte strömte ihm aus dem schwarzen Loch der finsteren Öffnung entgegen, als hätte kein Sonnenstrahl sie je erreicht. Aber jetzt konnte Daniel nicht mehr umkehren. Vorsichtig trat er ein und sah sich um, als sich seine Augen langsam an die Dunkelheit gewöhnt hatten.

„Hallo!", rief er und hörte, wie seine Stimme aus der Tiefe der Höhle zurückschallte. „Sie führt ziemlich weit in den Berg hinein. Hey, Beth, hör dir mal dieses Echo an!"

„Sei vorsichtig! Geh nicht zu weit rein!", rief sie zurück.

Daniel bewegte sich behutsam vorwärts. Er konnte klamme, feuchte Wände erkennen und etwas, das aussah wie Kratzer im Fels. Der Boden der Höhle war aus massivem Gestein, das mit einer dicken Staubschicht bedeckt war. Von der Decke hingen gezackte Felsnasen – Stalaktiten oder Stalagmiten? Er konnte sich nie merken, was was war.

„Sieht ganz schön unheimlich aus!", sagte plötzlich eine Stimme hinter ihm.

Als Daniel herumfuhr, entdeckte er Beth, die mit Scooby im Arm im Höhleneingang stand. Ihre Silhouette hob sich gegen das helle Tageslicht ab.

„Ja, wahrscheinlich schon. Aber irgendwie auch irre, findest du nicht? Ich wünschte, ich hätte eine Taschenlampe mitgenommen. Hier drinnen könnte es Fledermäuse geben und ich wette, vor Zehntausenden von Jahren haben Höhlenmenschen hier gelebt. Vielleicht war es auch der Bau irgendeines Tiers."

„Aber doch nicht von …"

„Quatsch!", unterbrach Daniel sie, bevor sie sich wieder in ihre Angst hineinsteigerte.

„Groß genug wäre sie jedenfalls. Vielleicht war das die Höhle der Bestie, als sie noch am Leben war", überlegte Beth laut, kam jedoch nicht näher. „Wir müssen es den Erwachsenen erzählen. Sie sollten sich mit ihren Geräten mal hier drinnen umsehen." Ihre Stimme wurde zu einem Flüstern. „Vielleicht ist der Geist immer noch hier."

„Du vergisst, dass es keine Geister gibt", rief Daniel über die Schulter, als er sich tiefer in die Höhle vorwagte und kurz darauf von der Schwärze verschluckt wurde. „Außerdem kann ich hier keine ungewöhnliche Atmosphäre spüren. Du etwa? Es ist zwar kalt, aber es fühlt sich nicht *geisterhaft* an, oder?"

„Woher sollen wir das wissen?", murmelte Beth und zuckte die Schultern. „Um das rauszukriegen, brauchst du diesen ganzen Geisterjägerkram. Oder du musst so verrückt sein wie Melissa. Hast du nicht langsam genug gesehen, Daniel? Scooby und mir wird kalt."

„Da hinten kann ich wahrscheinlich sowieso nicht mehr viel erkennen", erwiderte Daniel. Er kehrte um und ging zu Beth und seinem Hund zurück, die am Höhleneingang auf ihn warteten. Als er aus der Dunkelheit auftauchte, stieß Scooby ein drohendes „Wuff!" aus. „Hey, ich bin's doch nur!", sagte Daniel beruhigend. Sobald der Welpe ihn erkannte, begann er, begeistert mit dem Schwanz zu wedeln.

„Ich gehe jetzt wieder zu meinem Vater", verkündete Beth und kletterte über die Felsen den Weg zurück, den sie gekommen waren. Sie hatte erst ein kleines Stück geschafft, als sie plötzlich stehen blieb. „Oh, nein! Sieh doch mal, wo er ist. Er wird runterfallen!"

Hoch über ihren Köpfen kletterte Len an der Felswand empor, während Melissa unten stand und ihm ihre Befehle zurief.

„Er ist viel zu weit oben", stieß Beth besorgt hervor. „Das ist gefährlich! Ist es dieser blöden Tussi denn völlig egal, ob er abstürzt?"

„Anscheinend ja", sagte Daniel und beschloss, Beth in eine andere Richtung zu dirigieren. Sie konnten den Erwachsenen auch später noch von der Höhle erzählen, wenn sie nicht mehr so beschäftigt waren. „Melissa ist nur eins wichtig – den Geist von diesem Biest zu finden. Komm, hör auf, dir Sorgen zu machen. Dein Vater ist doch daran gewöhnt, in großer Höhe auf Gerüsten rumzuturnen. Das ist immerhin sein Job, schon vergessen? Ihm wird bestimmt nichts passieren. Ganz sicher."

„Das hoffe ich …", murmelte sie und folgte Daniel widerstrebend.

Sie suchten sich einen Weg die Bergflanke hinab. Beth sah sich immer wieder um, bis die Erwachsenen außer Sicht waren. Dann gingen die drei an einem kleinen Fluss entlang, der sich sprudelnd über Kiesel und Steine ins Tal ergoss. Scooby sprang am grasbewachsenen Ufer herum, tapste durch seichte Stellen, schlabberte das kristallklare, eiskalte Wasser und bellte Zweige an, die vorbeitrieben.

„Ich mag Schottland, und du?", fragte Daniel, während sie nebeneinander herschlenderten. „Es ist schön hier. Die Landschaft und alles."

„Ja, es ist wirklich schön!" Beth seufzte. „Ich wünschte nur, wir würden ganz normal Urlaub machen, ohne diesen ganzen Geisterkram. Ich hasse es, dass man ständig daran erinnert wird."

„Ja, aber ohne die Geister wären wir gar nicht

hier", erinnerte Daniel sie. „Und außerdem macht es die Erwachsenen glücklich."

„*Glücklich?*", jaulte Beth auf. „Diese Melissa ist erst glücklich, wenn sie einen Säbelzahntiger davon überzeugt hat, zum Tee vorbeizukommen! Ehrlich, das war doch total albern, wie sie versucht hat, sich auf die Wellenlänge der Bestie einzustellen. Als ob sie telepathisch mit ihr Kontakt aufnehmen könnte …"

„Sie ist eben nicht ganz dicht. Ignorier sie einfach. Übrigens … wenn es diesen Geist wirklich gäbe, dann hätten garantiert schon jede Menge Leute behauptet, ihn gesehen zu haben, und nicht nur zwei Kinder."

Beth wirkte nicht überzeugt. „Na ja, solange Melissa nicht irgendwas Dummes oder Gefährliches tut."

„Ach, vergiss sie. Sieh dir lieber das mal an!" Er holte einen Ball aus der Tasche und warf ihn für Scooby. „Na los, hol ihn, Kleine!"

Mit einem kurzen „Wuff!" flitzte der Welpe dem Ball hinterher und blieb dann aufgeregt bellend davor stehen.

„Scooby hat vergessen, was sie tun muss", sagte

Beth mit dem Anflug eines Lächelns. „Komm, du Dummchen, ich zeig's dir."

Beth holte den Ball zurück und wedelte damit vor der Nase der Hündin hin und her. „Sieh mal, das ist ein Ball. Ich werfe ihn und du bringst ihn zurück."

Nach einer Menge Jaulen und Gelächter verstand Scooby schließlich, worum es ging.

Für so einen kleinen Hund hatte sie ein ungewöhnlich lautes und hohes Bellen. Der durchdringende Lärm schallte mühelos von einem Ende des friedlichen Tals der Schatten zum anderen.

Hoch oben auf einem zerklüfteten Bergkamm, der bis auf ein paar winzige rosafarbene Blumen, die sich auf den unfruchtbaren Felsen nur recht und schlecht durchschlugen, absolut kahl war, regte sich etwas.

Etwas Großes. Unsichtbar für das menschliche Auge und sogar für den scharfen Blick eines Falken.

Hier auf diesem nackten, felsigen Bergrücken peitschte ein unsichtbarer Schwanz nervös hin und her, zuckten unsichtbare Augenlider, kamen unsichtbare Krallen zum Vorschein, stellten sich unsichtbare Ohren auf.

Wuff, wuff, wuff ... wuff, wuff, wuff ...

Wie eine lästige Mücke, die um Taraks Kopf schwirrte, drang das Geräusch in sein Unterbewusstsein und weckte ihn aus seinem tiefen, tiefen Schlaf.

Langsam öffnete Tarak seine gelben Augen. Als er das Bellen des Hundes wahrnahm, schossen ihm sekundenlang Erinnerungen durch den Kopf. Erinnerungen an seine Geschwister, an Gemeinschaft und Spiel und die Liebe einer Mutter.

Für diesen flüchtigen Moment, kurz vor dem Aufwachen, war er wieder ein Junges im Kreise seiner Familie.

Doch dann erschienen andere Szenen in seinem Gedächtnis, von denen er gehofft hatte, sie für immer aus seiner Seele verbannt zu haben – wie seine gesamte Familie ausgelöscht wurde, er als Waise zurückblieb und ganz alleine aufwachsen musste. Das lag nun schon so lange zurück und doch kam es ihm vor, als wäre es gestern gewesen. Als ihm seine Einsamkeit bewusst wurde, heulte er vor Schmerz auf.

Allein im Leben – und allein im Tod.

Doch es war ein stummer Schrei. Kein wildes Tigergebrüll schallte durch das Tal, um denen, die es hörten, Entsetzen einzuflößen.

Niemand konnte das Aufheulen eines Tieres hören, das seit Tausenden von Jahren tot war. Nur ein Falke hob alarmiert von einem nahe gelegenen Felssims ab. Als spüre er die unsichtbare Gefahr, stieg er hastig in die Lüfte empor.

Tarak erhob sich langsam. Er streckte seinen kräftigen und dennoch geschmeidigen Geisterkörper. Dann blickte er über das Tal, um herauszufinden, was ihn geweckt hatte. Und – was noch wesentlich schlimmer war – so schmerzliche Erinnerungen an die Zeit wachgerufen hatte, als er noch lebendig gewesen war.

Taraks Blick, der nicht länger den Einschränkungen der Sterblichkeit unterworfen war, entdeckte rasch die jungen Menschen und den Welpen.

Eine Woge an Bildern aus der Vergangenheit überflutete sein Gehirn und versetzte seinem

Herzen einen schmerzhaften Stich. Erinnerungen an Sanftheit und Wärme. An Raufereien und spielerische Kämpfe mit seinen Geschwistern und daran, wie er im hohen Gras herumgekullert war und Libellen gefangen hatte. Wie er sich an kleinere Tiere angeschlichen, sie gejagt und sich dann auf sie gestürzt hatte, nach ihnen getatzt und mit ihnen gespielt hatte, bis sie es irgendwann aufgaben, fliehen zu wollen. Und wie er schließlich entdeckt hatte, wie gut sie schmeckten.

Mit einem dumpfen Schmerz in der Brust richtete Tarak seine scharfen gelben Pupillen auf den kleinen Hund, der bellend neben einem Flüsschen herlief. Als Geistwesen musste Tarak keinen Durst oder Hunger befriedigen, aber er hatte sich gemerkt, wie gut warmes Fleisch schmeckte. Es kam ihm vor wie gestern, als er sich angeschlichen, getötet und ein Tier wie dieses verschlungen hatte.

Der Welpe war klein und pummelig. Seine Bewegungen und Reflexe noch sehr langsam und unbeholfen.

Er würde nicht schwer zu erlegen sein.

Völlig geräuschlos und ohne auch nur ein Staubkörnchen aufzuwirbeln, sprang er von seinem Ruheplatz den Berg hinunter. Im Zickzack suchte er sich seinen Weg von Grat zu Grat und von Fels zu Fels.

Schon fast am Fuß des Berges angekommen, bremste er scharf ab, als er auf weitere Menschen traf – eine Frau und zwei Männer. Sie hielten Waffen in der Hand – seltsame Waffen. Und Menschen mit Waffen bedeuteten Tod.

Wütend brüllte er der Frau ins Gesicht und schlug mit seiner riesigen Pranke nach ihr. Rasiermesserscharfe Krallen fuhren gnadenlos durch sie hindurch.

Aber seine geisterhafte Erscheinung erzielte keine Wirkung. Obwohl sie sich so nahe waren, befanden sie sich in so unterschiedlichen Sphären, dass ihre Welten sich nicht berühren konnten.

Und doch fiel die Frau zu Boden.

Tarak sprang über ihren zusammengesunkenen Körper hinweg, als die Männer ihr zu Hilfe eilten. Menschen waren gefährlich. Immerhin hatte einer von ihnen Tarak vor langer Zeit getötet. Deshalb musste man ihnen aus dem Weg gehen. Denn sie hatten die Macht über Leben und Tod.

Aber kleine, dicke Welpen waren Fressen – und plötzlich war Tarak sehr, sehr hungrig.

04

„**Melissa! Alles in** Ordnung? Kannst du mich hören? Bist du verletzt?"

Andrew und Len beugten sich besorgt über Melissa, die reglos und mit weit aufgerissenen Augen dalag. Sie war kreidebleich. „Melissa!" Andrew fühlte am Hals nach ihrem Puls. „Sprich mit mir! Hast du dir den Kopf gestoßen?"

Plötzlich wieder hellwach, packte sie Andrews Hand. „Die Bestie!", keuchte sie. „Sie ist hier! Ich habe sie gespürt! Überprüft die Messgeräte. Schnell, macht schon! Sie müssen etwas aufgezeichnet haben …"

Andrew tätschelte ihr stattdessen beschwichtigend die Hand. „Alles zu seiner Zeit. Jetzt bleibst du erstmal einen Moment still liegen. Ich glaube, du bist gestolpert und hast dir den Kopf gestoßen. Wahrscheinlich hast du eine leichte Gehirnerschütterung."

„Ich habe keine Gehirnerschütterung!", fauchte Melissa ihn an und versuchte, sich aufzusetzen. „Und ich habe mir auch nicht den Kopf gestoßen. Ich sage euch doch, die Bestie war hier ... *genau hier*! Das war der mächtigste Energiestoß, den ich in meinem ganzen Leben wahrgenommen habe."

Sie schob die Männer beiseite, rappelte sich auf und griff nach ihrem Messgerät für elektromagnetische Felder. Aufgeregt streckte sie es den beiden entgegen. „Seht euch das mal an! Es ist über die Skala hinausgeschossen. Es hat außergewöhnlich starke Ausschläge aufgezeichnet und sich dann von alleine abgeschaltet."

„Immer mit der Ruhe, Melissa. Es ist wahrscheinlich bei deinem Sturz beschädigt worden", sagte Len und versuchte, sie zu stützen. „Werte dieser Größenordnung sind absolut unmöglich. Es hat noch nie Messungen dieser Stärke gegeben."

Sie schüttelte seine Hand ab und schnappte sich Andrews Gerät, das auf digitalem Weg Temperaturschwankungen maß. „Und was ist hiermit? Oder ist diese Anzeige wundersamerweise zur gleichen Zeit kaputtgegangen? Seht euch doch nur mal diese Werte an!" Ihre Stimme wurde schrill. „Wie wollt ihr das erklären?"

Die beiden Männer tauschten verwunderte Blicke, nachdem sie die Geräte überprüft hatten. „Tja, es deutet alles auf ungewöhnlich hohe Schwankungen hin."

„Genau!", platzte Melissa heraus. „Von minus zwei Grad hoch auf einundvierzig und dann wieder zurück zur Normalmarke – und das alles innerhalb einer Minute!"

Len sah noch einmal genauer hin und hob verwundert eine Braue. „Ich muss zugeben, dass das ziemlich merkwürdig ist."

„Es war die Bestie", sagte sie atemlos und mit leuchtenden Augen. „Meine Herren, es besteht kein Zweifel. Ganz in unserer Nähe befindet sich der Geist eines prähistorischen Säbelzahntigers."

Tarak stand auf einem flachen grauen Felsen, erhob seinen riesigen säbelzahnbewehrten Kopf und hielt die Schnauze in die Brise. Als er den Geruch des Welpen aufnahm, tropfte ihm ein wenig Speichel von den Lefzen. Der Tropfen fiel auf den Boden, wo er wie ein schimmernder Edelstein liegen blieb, als die Bestie sich abwandte und sich rasch und zielstrebig auf den ahnungslosen Hund zubewegte.

Scooby hatte den Ball mindestens zehn Mal apportiert, ohne einen Fehler zu machen, aber sie hielt es offenbar für nötig, zwischen den einzelnen Würfen aufgeregt zu bellen.

„Ich glaube, jetzt hat sie's endlich kapiert", bemerkte Daniel und stolperte im gleichen Moment über etwas, das im hohen Gras lag. „Hey, sieh dir das mal an", sagte er, während er einen geschwungenen Stock aufhob. „Findest du nicht, dass er ein bisschen wie ein Highlander-Schwert aussieht?"

Beth warf ihm ein mitleidiges Lächeln zu. „Nein, es sieht aus wie ein abgebrochener Ast. Komm schon, Daniel! Ich möchte nach meinem Dad sehen, um sicherzugehen, dass er nicht vom Berg gestürzt ist."

„Ihm ist bestimmt nichts passiert", wischte Daniel ihre Sorgen beiseite und ließ den Stock wie ein Schwertkämpfer durch die Luft sausen. „Attacke!"

„Pass doch auf! Du hättest mir fast ein Auge ausgestochen!"

Scooby ließ den Ball zu Daniels Füßen fallen und bellte erwartungsvoll. „Würdest du ihn für sie werfen, Beth? Ich habe hier noch einen kleinen Kampf auszufechten."

„Wie alt bist du eigentlich?", fragte sie lachend und wich dem herumwirbelnden Holzschwert aus, als sie den Ball wegschleuderte.

Wieder raste Scooby mit wehenden Ohren und wild wedelndem Schwanz los. Doch dann blieb sie mitten im Lauf mit einem erschrocken Aufjaulen stehen. Im nächsten Moment machte sie kehrt und kam zu den beiden Kindern zurückgeprescht. Den Schwanz hatte sie zwischen die Beine geklemmt, die Ohren angelegt und die Augen vor Angst geweitet.

Sie kletterte förmlich an Daniels Beinen hoch in seine Arme und versuchte, sich in seiner Achselhöhle zu verstecken. Dabei jaulte und fiepte sie mitleiderregend.

„Hey, was ist denn mit dir los, Kleine?", fragte

Daniel erstaunt. „Hast du dich vor deinem eigenen Schatten erschrocken? Sei ohne Furcht, denn ich, Daniel MacGlenn, werde dich beschützen …"
Und mit einer beeindruckenden Vorstellung als Highland-Krieger griff er einen unsichtbaren Gegner an. Er machte einen Ausfallschritt, ließ seinen Stock durch die Luft wirbeln, drehte sich einmal um die eigene Achse und stieß dann zu.

Beth beobachtete ihn lachend. „Daniel, du bist ein Spinner!"

„Scooby findet das nicht. Sieh mal, sie hat aufgehört zu zittern. So, jetzt aber runter, Kleine." Er setzte die Hündin auf den Boden. „Wahrscheinlich hat sie eine Biene gesehen oder vielleicht sogar eine Schlange. Hier in der Gegend gibt es nämlich welche."

Kaum stand Scooby mit allen vier Pfoten wieder auf dem Boden, tänzelte sie ein paar Schritte vorwärts. Dann blieb sie in trotziger Haltung mit aufgestellten Nackenhaaren stehen und fing an zu bellen.

Das klang so todesmutig, dass Beth und Daniel in lautes Gelächter ausbrachen.

Als sie zu den Erwachsenen zurückkehrten, stellten sie fest, dass Melissa total aufgedreht war. Obwohl sie redete wie ein Wasserfall, hatten Daniel und Beth keine Ahnung, wovon sie eigentlich sprach.

„Was ist denn mit der los?", fragte Daniel leise seinen Vater.

Andrew rieb sich das Kinn. „Tja, wir scheinen da auf etwas ziemlich Seltsames gestoßen zu sein. Einige der Messgeräte haben sowohl bei den elektromagnetischen Feldern als auch bei der Temperatur einen enormen Anstieg registriert und …" Er warf einen Blick auf Beth und verstummte von einer Sekunde zur anderen.

„Und was?", fragte sie und sah die Erwachsenen der Reihe nach an. „Und was, Dad?"

Len legte seinen Arm um sie. „Melissa glaubt, dass sie eine Art unerklärliche *Anwesenheit* wahrgenommen hat, das ist alles …"

„Von *unerklärlich* kann keine Rede sein", protestierte Melissa mit wild funkelnden Augen. „Es war die Bestie! Sie ist hier. Ich habe sie ganz deutlich gespürt. Sie war riesig, einfach unglaublich groß. Und so mächtig …"

„Dad!", rief Beth. „Das gefällt mir nicht, es ist unheimlich ... Ich habe Angst!"

Len sah Melissa an, als hätte er sie am liebsten erwürgt. Doch Melissa war viel zu beschäftigt damit, in ihrem Rucksack herumzuwühlen, um einen Gedanken an andere zu verschwenden. Nachdem er tief Luft geholt hatte, sagte Len ganz ruhig zu Beth: „Mein Schatz, hier ist nichts, wovor du Angst haben müsstest. Und nichts, das uns etwas tun kann, ganz bestimmt nicht. So, und jetzt hör auf, ein langes Gesicht zu machen."

Melissa hatte inzwischen einen Notizblock und einen Stift hervorgekramt. Sie ließ sich auf einem flachen Felsen nieder und begann zu schreiben. Ihre Hand flitzte so hastig über das Papier, als könnte sie ihre Gedanken gar nicht schnell genug aufschreiben. „Kümmert euch nicht um mich", rief sie den anderen zu und scheuchte sie mit einer Handbewegung weg. „Ich muss einen Bericht verfassen."

Kopfschüttelnd ging Daniel mit seinem Vater ein Stück beiseite, während Melissa wie verrückt in ihren Block kritzelte und Len immer noch versuchte, Beth davon zu überzeugen, dass sie bei dieser Reise nichts zu befürchten hatten. „Was ist denn nun genau passiert, Dad?", fragte Daniel mit gesenkter Stimme, damit Beth ihn nicht hörte.

„Weißt du, Junge, das war wirklich seltsam", platzte Andrew heraus. Er versuchte sofort, sich zusammenzureißen und sein übliches abgeklärtes Polizistenverhalten an den Tag zu legen. Aber Daniel sah das aufgeregte Glitzern in seinen Augen und schloss daraus, dass tatsächlich etwas sehr Ungewöhnliches passiert sein musste. „In einem Moment war alles noch völlig normal und im nächsten Moment lag Melissa am Boden. Zuerst dachte ich, sie wäre ausgerutscht oder ohnmächtig geworden. Aber sie hat steif und fest behauptet, sie hätte einen so starken Energiestoß verspürt, dass es sie regelrecht umgeworfen hätte. Und unsere Messgeräte haben diese Veränderung in dramatischer Weise bestätigt. Ich habe noch nie solche Werte gesehen. Da muss tatsächlich etwas Außergewöhnliches vorgegangen sein."

„Auf jeden Fall ist sie ziemlich aus dem Häuschen", sagte Daniel und deutete mit dem Kopf in

Melissas Richtung. „Ich wette, wenn sie die Höhle sehen würde, die Beth und ich entdeckt haben, würde sie mindestens genauso ausflippen."

„Was für eine Höhle meinst du, Daniel?"

Er zuckte die Achseln. „Na, eine Höhle eben. Vielleicht ist es irgendwann mal der Bau eines Tiers gewesen."

Sein Vater sah ihn unverwandt an. „Der Bau eines Tiers. Meinst du etwa …?"

„Hey, du bist der Geisterjäger, nicht ich."

„Ich denke, du solltest uns diese Höhle unbedingt zeigen. Vielleicht enthüllt sie uns ja einige Geheimnisse." Sein Vater grinste ihn aufgeregt an. „Ich werd dann mal die Truppen zusammentrommeln!"

Sie machten sich alle zusammen auf den Weg. Daniel, der sein hölzernes Highland-Schwert zum Spazierstock umfunktioniert hatte, ging vorneweg – dicht gefolgt von Scooby, die aufgeregt um ihn herumhüpfte.

Melissa marschierte neben ihm her, während die anderen in einigen Metern Entfernung folgten. Beth klammerte sich an den Arm ihres Vaters, als hinge ihr Leben davon ab.

Es war nicht schwer, den Weg wiederzufinden. Nachdem sie über mehrere große, moosbewachsene Granitsteine geklettert waren, tauchte auch schon der unheimliche Höhleneingang vor ihnen auf. „Da ist es!", rief Daniel.

Melissa blieb stehen und sah hinauf. Ihre Miene erstarrte vor Ehrfurcht. „Ja", hauchte sie, als wäre sie sich hundertprozentig sicher, dass es sich um den Bau der Bestie handelte. Dann kletterte sie noch schneller als zuvor über die Felsen, um die düstere Öffnung zu erreichen. „Beeilt euch, Leute! Wir müssen so schnell wie möglich die Messgeräte in Position bringen!", rief sie über die Schulter zurück.

Alle folgten ihr, bis auf Beth, die Scooby auf den Arm genommen hatte und, den Welpen fest an sich gedrückt, in sicherer Entfernung zurückblieb.

„Ganz schön gruselig, findet ihr nicht?", sagte Daniel grinsend, der schneller als die Erwachsenen geklettert war und nun ganz lässig durch den Eingang schlenderte.

„Wow!", rief Len, der ihn als Erster einholte und den Strahl seiner Taschenlampe im Inneren der Höhle herumwandern ließ. „Das ist ja unglaublich. Seht euch nur mal diese Stalaktiten an!"

Daniel wagte sich weiter vor, als das Licht der Taschenlampe, das über die Wände huschte, den Weg beleuchtete. Hinter ihm folgten die Erwachsenen, die beim Gehen ständig ihre Messgeräte im Blick behielten.

„Es ist ziemlich kalt hier drinnen, aber das ist wahrscheinlich normal", bemerkte Andrew, dessen Stimme von den Felswänden widerhallte. „Hast du schon etwas Außergewöhnliches festgestellt, Len?"

„Ich bin mir nicht ganz sicher. Das Gerät hat eine leichte elektromagnetische Störung registriert ... Melissa, was sagst du dazu?"

Nachdem sie erst gar nicht schnell genug zur Höhle kommen konnte, schien Melissa es auf einmal gar nicht mehr so eilig zu haben, sie zu erforschen. Ihre Schritte wirkten langsam und zögernd, fast so wie jemand, der seine Zehen ins Wasser hielt, um die Temperatur zu testen. Ihre Augen hinter den getönten Brillengläsern schienen zu leuchten. Und das schwache Licht, das von der Messanzeige in ihrer Hand ausging, tauchte ihr Gesicht in einen unheimlichen Schein. Ihre Stimme war kaum mehr als ein Flüstern. „Bis jetzt nichts Besonderes. Alles ganz normal."

Während Daniel sich weiter in die stockdunkle Tiefe des Berges vorwagte, rückten die Wände immer enger zusammen. Es beruhigte ihn zu wissen, dass sein Dad und Len ganz in der Nähe waren.

Der Schein der Taschenlampe seines Vaters fiel auf einige Kratzer an der Wand. Als Daniel mit der Hand darüberfuhr, schauderte er, als er spürte, wie feucht und glitschig sich der uralte Felsen anfühlte.

„Sieh dir das mal an, Dad – Höhlenmalerei!"

„Könnten aber auch irgendwelche Graffiti sein, mein Junge", schallte die Stimme seines Vaters zurück. „Wahrscheinlich braucht man einen Archäologen, um beurteilen zu können, ob sie echt sind."

Trotz des glitschigen Gefühls fuhr Daniel mit den Fingern über die Gestalten, die in den Stein geritzt waren. Eine erinnerte an ein Strichmännchen und dann war da noch die Darstellung eines Tiers – eines sehr großen Tiers, wenn man es mit dem Strichmännchen verglich. Es hatte unglaublich lange Zähne ... oder um genau zu sein *Fangzähne*.

„Dad, schau mal ..."

„Die Temperatur ist gefallen!", unterbrach Len ihn. „Ein starker Abfall! Und damit meine ich *wirklich* stark!"

„Außerdem habe ich hier enorme magnetische Schwankungen", sagte Andrew, während er mit großen Schritten zu Len hinüberging.

„Da ist eine Art Kugel!", zischte Melissa aufgeregt. „Seht doch ... am hintersten Ende der Höhle. Dieser kleine Lichtpunkt."

„Null Grad!", rief Len alarmiert. „Und die Temperatur sinkt weiter. Minus ein Grad, minus zwei ..." Daniel spürte es ebenfalls. Es war eine eisige Kälte, die bis in die Knochen drang und ihm einen Schauder über den Rücken jagte. Plötzlich begannen die Messgeräte wie verrückt zu piepen und rote Lämpchen leuchteten auf. Schlagartig hatten alle das Interesse an den Zeichnungen verloren.

Da tauchte Beth mit Scooby im Arm am Höhleneingang auf. „Dad!", rief sie. „Beeilt euch! Ich bin nicht gern alleine hier draußen."

In diesem Moment brach das Chaos aus.

Melissa stieß einen ohrenbetäubenden Schrei aus, wirbelte wie eine Ballerina einmal um ihre eigene Achse und fiel auf die Knie. Gleichzeitig begann Scooby jämmerlich zu fiepen und wand sich wie verrückt in Beths Umklammerung. Beth schrie auf und versuchte verzweifelt, die Hündin festzuhalten.

Daniel eilte ihr zu Hilfe, während die beiden Männer zu Melissa rannten, die auf dem Boden zusammengesunken war.

Scooby strampelte wie wild, um sich aus Beths Griff zu befreien. „Hey, Kleine! Es ist alles in Ordnung. Ganz ruhig ... Gib sie mir, Beth", sagte Daniel und nahm seine Hündin auf den Arm, bevor sie weglaufen konnte. Er warf Melissa, die zitternd auf dem Boden saß, einen finsteren Blick zu. Wahrscheinlich hatte ihr Schrei Scooby so sehr erschreckt. Auch wenn ihm völlig schleierhaft war, warum sie derartig losgekreischt hatte. Diese Frau war total durchgeknallt. Während sein Vater sich immer noch über Melissa beugte, rannte Len zu Beth hinüber und führte sie nach draußen ins helle Sonnenlicht.

Daniel redete tröstend auf seine Hündin ein und streichelte sie sanft. Nach einer Weile beruhigte sich Scooby und hörte auf, wie verrückt zu zappeln. Gemeinsam mit dem bibbernden Welpen ging er zu Beth und ihrem Vater, die in enger Umarmung vor der Höhle standen. „Was war das denn jetzt wieder …", setzte er an. Doch als er das blutüberströmte Gesicht von Beth sah, klappte ihm der Unterkiefer herunter. Ein dunkelrotes Rinnsal tropfte von einem Riss in ihrer Stirn und lief ihr übers Gesicht.

Len presste ein Taschentuch auf die Wunde. „Keine Panik, okay? Es ist nicht so schlimm, wie es aussieht. Kratzer auf der Stirn bluten immer besonders heftig."

Daniel wurde übel. „War das Scooby? Sie hat es bestimmt nicht mit Absicht gemacht, sie wollte sich nur losstrampeln … entschuldige dich gefälligst, du schlimmer Hund!"

„Es ist alles in Ordnung. Sie kann nichts dafür", sagte Beth mit bebender Stimme. Sie gab sich Mühe, nicht zu weinen, als ihr Vater das Taschentuch fest auf die Wunde drückte. „Sie hat sich erschrocken. Als Melissa geschrien hat, ist sie total durchgedreht."

Gestützt von Andrew kam Melissa auf zittrigen Beinen aus der Höhle gewankt. Ihr Gesicht war kreidebleich.

Plötzlich erfasste Daniel eine unbändige Wut auf diese dumme Frau. „Wieso bist du eben so ausgerastet?", schrie er sie wütend an. „Du hast Scooby einen solchen Schreck eingejagt, dass sie Beth das Gesicht zerkratzt hat. Sieh sie dir doch mal an. Sie blutet!"

Melissa machte noch ein paar wacklige Schritte, hob die rechte Hand und zeigte über ihre Köpfe hinweg auf das Tal und den Wald. Und dann sprach sie. Ihre Stimme war nur ein Flüstern, doch alle hörten die Worte, die sie ausstieß, bevor sie wieder zusammenbrach.

„Die Bestie!"

05

Irgendwie stolperten sie alle zurück ins Camp. Scooby wollte auf keinen Fall auf den Boden gesetzt werden und jaulte jedes Mal jämmerlich, wenn Daniel es versuchte. Len trug Beth Huckepack und Melissa hatte sich widerstrebend bei Andrew eingehakt. So durchquerten sie das Tal.

Sobald sie im Lager waren, kratzte Scooby winselnd an Daniels Zelt. Kaum hatte er den Reißverschluss geöffnet, stürzte die Kleine hinein, versteckte sich im Fußteil seines Schlafsacks und war durch nichts herauszulocken.

Also ging Daniel erst einmal zu den Verletzten. Melissa war auf einen Campingstuhl gesunken und Len säuberte Beths Kratzer, während Andrew für alle Tee kochte.

Melissa hob den Kopf und fixierte Daniel. „Scooby kann die Anwesenheit der Bestie spüren", murmelte sie. „Genau wie ich … Hunde sind manchmal eben sehr empfänglich für das Übersinnliche."

Daniel erwiderte nichts darauf. Stattdessen ging er zu Beth und Len hinüber. „Alles in Ordnung mit dir?", fragte er.

Obwohl Beth kurz nickte, hatte Daniel nicht den Eindruck, dass es stimmte. Mit einem ungutem Gefühl im Bauch beschloss er, zu Scooby zu gehen und ihr Gesellschaft zu leisten.

Als er einen Blick in den Schlafsack warf, schaute die kleine Hündin ihn mit großen, bekümmerten Augen an.

„Was ist denn passiert, Kleine?", fragte Daniel und streichelte sanft ihren seidigen Kopf. „Hat die dumme Frau dir mit ihrem Geschrei Angst gemacht? Du weißt doch, dass sie eine Schraube locker hat. Und jetzt behauptet sie auch noch, du wärst empfänglich für das Übersinnliche. So ein Quatsch! Du reagierst nur empfindlich, wenn Irre dich zu Tode erschrecken, oder?" Er griff tiefer in den Schlafsack und hob den Welpen in seine Arme. „Ich weiß, dass du Beth nicht mit Absicht gekratzt hast. Sie ist dir nicht böse, keine Bange."

Scooby wedelte verlegen mit ihrem kleinen Schwanz und leckte dann zaghaft über Daniels Nase.

„Das ist schon besser. Na, komm! Lass uns mal sehen, ob wir etwas Schönes für dich zu fressen finden."

Nachdem er die Hündin noch einmal an sich gedrückt hatte, stöberte Daniel im Zelt nach einem Leckerchen für sie. Dann trat er hinaus ins helle Augustlicht, gefolgt von Scooby. Eifrig trottete sie nun hinter ihm her, weil sie es gar nicht abwarten konnte, den kleinen Kauknochen zu bekommen. Daniel ließ sie Sitz machen, bevor er ihn ihr gab.

„Braves Mädchen!"

Ihren Schatz im Maul, trabte die Kleine stolz davon und ließ sich neben Melissas Zelt zu Boden fallen, um genüsslich an dem Leckerli herumzunagen.

Melissa hielt Hof. Umgeben von ihren Messgeräten saß sie da und durchlebte noch einmal ihre neueste übersinnliche Erfahrung, während die anderen ihren Tee tranken und ihr gebannt lauschten.

„Es war genau wie bei dem Mal davor, nur noch intensiver", sagte sie gerade. Ihr Blick wirkte wilder und lebendiger als sonst. „In dem Moment, als Len die Temperaturschwankungen erwähnt hat, ist dieser unglaubliche Energiestoß durch mich hindurchgefahren. Es hat mich einmal um die eigene Achse gewirbelt und ich habe eine unglaubliche eisige Kälte gespürt, die sofort von großer Hitze abgelöst wurde …"

Daniel griff nach der Teetasse, die schon für ihn bereitstand, und setzte sich widerstrebend zu den anderen. Dabei schoss ihm der Gedanke durch den Kopf, dass er für Märchen eigentlich schon zu alt war.

Während Melissa mit ihrer Geschichte fortfuhr, schloss Daniel die Augen zum Schutz vor der Sommersonne.

Die strahlende Helligkeit ließ die bewegte Oberfläche des Sees glitzern. Es war ein merkwürdiges Licht. Hätte einer aus der kleinen Gruppe hingesehen, hätte er bemerkt, dass es eine Art Hitzeschleier am Ufer des Sees hervorzurufen schien.

Einen seltsam bewegten Hitzeschleier.

Eine flirrende Lichterscheinung, die sich von einer Seite zur anderen bewegte.

Hin und zurück … hin und zurück.

Wie ein Tier im Käfig …

Ein zufälliger Beobachter hätte zweifellos vermutet, dass das grelle Sonnenlicht seinen Augen einen Streich spielte oder dass es sich um eine Spiegelung des Wassers handeln musste. Doch der wirbelnde Fleck aus schimmerndem Licht schien langsam Gestalt anzunehmen. Er wanderte nicht mehr hin und her, sondern bewegte sich nun zielgerichtet und kraftvoll durch das hohe Gras, ohne dabei auch nur einen Halm zu knicken oder ein Blütenblatt zu zertreten.

Eine wabernde Masse aus reiner Energie, die sich mit Zielstrebigkeit und Entschlossenheit bewegte – und mit einem wachsenden Gefühl der Wut.

Dieser Welpe gehörte ihm! Tarak konnte schon fast sein warmes Fleisch schmecken.

Aber noch musste er stärker werden, musste all seine Energien sammeln, um so lange in die Welt der Lebenden zurückkehren zu können, wie er brauchte, um seine Beute zu packen und zu fressen.

Zweimal war er schon kurz davor gewesen. Beim ersten Mal hatte der Junge sich mit einer Waffe auf ihn gestürzt und solange nach ihm geschlagen und auf ihn eingestochen, bis Tarak sich zurückgezogen hatte.

Dann hatte er versucht, dem Mädchen seine Beute aus dem Arm zu reißen. Aber auch dies war fehlgeschlagen. Er besaß noch nicht einmal genug Kraft, um einen jämmerlichen Menschen zu überwältigen. Zumindest hatte er dem Mädchen eine blutende Wunde zugefügt. Er hatte es gerochen. Wäre er im Vollbesitz seiner Kräfte gewesen, hätte sein Angriff sie in tausend Fetzen zerrissen.

Tarak fauchte, zunehmend ungeduldig. Sein Magen knurrte – er brauchte etwas zu fressen.

Scooby lag flach auf dem Bauch, hatte den Kauknochen zwischen die Vorderpfoten geklemmt und nagte zufrieden daran herum. Sie machte einen Moment Pause, um an einem süß duftenden Grashalm zu knabbern. Danach betrachtete sie interessiert einen Käfer, der über ein Büschel weißen Klee krabbelte.

Da sie im hohen Gras lag, konnte Scooby den See ebenso wenig sehen wie die flimmernde Lichterscheinung, die dort hin und her trabte. Sie bemerkte auch nicht, dass der Schemen plötzlich die Richtung änderte.

Er schritt jetzt nicht länger auf und ab, sondern drehte sich um und hielt direkt auf das Camp zu. Und auf den ahnungslosen Welpen, der in der Sonne faulenzte.

Scooby kaute nichts ahnend an ihrem Knochen, während das seltsame Wesen sich auf den Boden kauerte und sich langsam und tief geduckt an sie heranpirschte.

Hätte Scooby aufgeblickt, hätte ihr Knochen nicht so gut geschmeckt und wäre der Käfer nicht so faszinierend gewesen –, dann hätte sie die riesenhafte, massige Erscheinung bemerkt, die verstohlen näher kam.

Aber ihr kleiner Schatz war so lecker und erforderte ihre volle Aufmerksamkeit …

Die unirdisch schimmernde Lichtgestalt glitt weiter. Blieb kurz stehen und schob sich dann wieder ein Stück vor. Dicht an den Boden gepresst, schlich sie sich mit jeder Sekunde näher.

Und plötzlich war sie da! Eine unglaubliche Kraft hüllte den Welpen ein. Eine furchterregende verschwommene Masse, die keinen Geruch und keinen Körper hatte, aber dennoch eine tödliche Gefahr ausstrahlte.

Mit einem entsetzten Quieken drehte Scooby sich auf den Rücken und bot dem unsichtbaren Raubtier in einer instinktiven Unterwerfungsgeste den Bauch und die ungeschützte Kehle dar.

Bei diesem Geräusch öffnete Daniel die Augen und sah seine Hündin reglos auf dem Rücken liegen.

Erschrocken schoss er aus seinem Stuhl hoch. „Scooby!"

Mit drei Schritten war er bei ihr und hob sie hoch, voller Angst, dass sie an ihrem Kauknochen erstickt war.

Im selben Moment explodierte ein Lichtblitz, der Daniel blendete und aus dem Gleichgewicht brachte. Ein flüchtiger Eindruck eisiger Kälte hüllte ihn ein und gleich darauf traf ihn ein unglaublicher Hitzeschwall, als hätte jemand eine riesige Ofentür geöffnet. Dann ertönte etwas, das Daniel noch nie zuvor gehört hatte. Es klang fast wie … ihm fiel kein passender Vergleich ein. Der eigenartige Laut schien aus großer Entfernung zu kommen und gleichzeitig ganz nah zu sein – genau hier!

Scooby fest an sich gepresst, stand Daniel taumelnd da, als sein Vater zu ihm herübergestürmt kam.

„Alles in Ordnung mit ihr? Hier, gib sie mir mal", kommandierte Andrew. „Bekommt sie Luft?" Er schnappte sich die Hündin und überprüfte ihre Atmung.

Daniel zitterte am ganzen Körper, wie betäubt von dem seltsamen Ereignis, das er gerade erlebt hatte.

Sein Vater untersuchte Scooby gründlich. „Es ist alles okay, Junge. Sie atmet. Es scheint nichts im Hals zu stecken." Dann sah er seinen Sohn forschend an. „Ihr geht's bestens. Was war denn da los?"

Daniel nahm die Kleine wieder hoch. Sein eigenes Herz hämmerte genauso schnell wie das von Scooby. „Ich … ich weiß nicht. Ich dachte, sie wäre erstickt. Sie lag so still auf dem Rücken … Als ich sie aufhob, wurde es zuerst furchtbar kalt, dann furchtbar heiß und ein weißes Licht blitzte auf … Es war ganz komisch."

Beth kam zu ihnen hinübergelaufen, gefolgt von ihrem Vater. „Was ist passiert? Ist mit Scooby alles in Ordnung?"

„Alles bestens", versicherte ihr Andrew und trat unauffällig neben Len. Leise sagte er zu ihm: „Daniel hat extreme Temperaturschwankungen gespürt, erst kalt, dann heiß. Und er hat einen weißen Lichtblitz gesehen. Da drängt sich doch der Gedanke auf …"

Lens Blick schoss zu Beth und dann zurück zu Andrew. „Wir reden gleich, Kumpel, okay?"

Melissa kam nun ebenfalls mit großen Schritten herbeigeeilt. Sie hatte ihre Messgeräte in der Hand und strahlte von einem Ohr zum anderen. Daniel starrte sie finster an. Was zum Teufel fand sie so erfreulich? Interessierte es sie überhaupt nicht, dass Scooby beinahe erstickt wäre … oder dass er es zumindest geglaubt hatte?

„Es ist doch sonnenklar, was der Junge gerade

erlebt hat. Seht euch nur mal diese Werte an!", rief sie aus und hielt ihnen die Anzeige unter die Nase.

„Oh nein, Dad, nicht schon wieder dieses Monster!", rief Beth und verbarg das Gesicht an der Brust ihres Vaters.

„Ach was! Wie kommst du denn darauf?", wehrte Len sofort ab. Aber Daniel sah die Blicke, die die Erwachsenen sich zuwarfen. Und er wusste, dass sie *genau das* dachten.

Kurz darauf drückte sein Vater ihm aufmunternd die Schulter und sagte: „Weißt du was, warum macht ihr beiden mit Scooby nicht einen kleinen Spaziergang? Nur um zu sehen, ob sie wirklich hundertprozentig fit ist. Falls sie doch etwas verschluckt hat, muss sie es vielleicht auswürgen."

Daniel wäre lieber geblieben und hätte sich angehört, was die Erwachsenen zu sagen hatten. Das, was er erlebt hatte, war wirklich unheimlich gewesen. Doch offensichtlich wollten sie über ihren komischen Geisterkram nicht reden, wenn Beth in der Nähe war.

„Na gut!", seufzte er. „Beth, kommst du? Lassen

wir die Großen mal mit ihrem Spielzeug alleine." Er versuchte, die Sache ins Lächerliche zu ziehen, aber es war gar nicht so einfach, Witze zu reißen, wenn einem immer noch die Knie zitterten.

Aber Beth wollte nirgendwohin gehen und hängte sich ängstlich an ihren Vater. „Ohne mich! Nicht wenn hier so ein schrecklicher Säbelzahntiger in der Gegend rumläuft."

„Das stimmt doch gar nicht!", schrie Len förmlich. „Diese merkwürdigen Erscheinungen haben irgendwie mit der Schlacht zu tun. Immerhin rückt der Jahrestag näher. In dieser Zeit können Menschen, die dafür empfänglich sind, außergewöhnliche Dinge wahrnehmen. Aber das kann dir nichts anhaben." Er löste Beths Umklammerung und hielt sie auf Armeslänge von sich weg. „Glaub mir, da ist nichts, wovor du dich fürchten musst. Nicht das Geringste!"

„Versprochen?", murmelte Beth. Sie sah jetzt schon ein bisschen zuversichtlicher aus.

„Natürlich. Du wärst schließlich nicht hier, wenn irgendeine Gefahr bestünde."

Für ein paar Augenblicke sagte niemand ein Wort, dann versetzte Daniel Beth einen Schubs.

„Na, komm schon. Hier wird's jetzt echt langweilig. Machen wir lieber eine kleine Entdeckungstour durch den Wald."

Widerstrebend folgte sie ihm. Zusammen gingen sie durch das grüne Tal auf die dichten Bäume zu. Obwohl er sich Mühe gab, normal zu klingen, fühlte Daniel sich immer noch ganz eigenartig und hielt Scooby beim Laufen sicher im Arm.

Vielleicht glaubte Len wirklich, dass all diese seltsamen Erscheinungen mit dem Jahrestag der Schlacht zu tun hatten. Aber Daniel wurde das Gefühl nicht los, dass er Beth nur beruhigen wollte. Melissa war jedenfalls fest davon überzeugt, dass er der Bestie begegnet war.

Er warf einen Blick über die Schulter und erwartete, die Erwachsenen um ihre Geräte geschart zu sehen. Umso überraschter war er, als er entdeckte, dass Melissa ganz alleine dastand – und ihnen hinterherschaute.

Daniel lief ein eiskalter Schauer über den Rücken.

Wenn sie wirklich dachte, dass er gerade auf diese Kreatur gestoßen war, musste sie doch davon ausgehen, dass sie immer noch in der Nähe war.

Und ihnen folgte …

„Glaubst du auch, dass es die Geister von diesen Kriegern sind, Daniel?", fragte Beth.

„Nein!", sagte er trotzig und versuchte, sich nicht länger den Kopf darüber zu zerbrechen, was Melissa dachte. „Ich glaube nicht an Geister! Diese ganzen Temperaturschwankungen hängen bestimmt mit irgendwelchen Wetterphänomenen zusammen. Davon hört man in letzter Zeit doch ständig."

„Daran habe ich noch gar nicht gedacht", erwiderte Beth. Sie schien sich etwas zu entspannen. „Vielleicht haben die Messwerte deswegen verrückt gespielt."

„Ja, das könnte sein", stimmte Daniel zu und versuchte, nicht an die merkwürdigen Dinge zu denken, die er gespürt hatte. Sie waren sehr real gewesen.

Beth warf ihm ein schwaches Lächeln zu. „Warum lässt du Scooby nicht runter, Daniel? Sie würde bestimmt gerne ein bisschen herumrennen."

Daniel zögerte, die Kleine frei herumlaufen zu lassen. Aber er konnte sie ja auch nicht ewig tragen. Außerdem gab es gar keine Geister. Melissa war einfach bloß schrullig und brachte alle auf die Palme. Und auf dumme Gedanken …

Hier gab es nichts, was Scooby etwas tun konnte. Und um sich das selbst zu beweisen, setzte er sie ab. „Na los, Kleine. Lauf schon!"

Kaum hatte Scooby wieder festen Boden unter den Füßen, flitzte sie davon. Sie lief ein Stückchen in die Richtung, aus der sie gekommen waren, und blieb dann stehen. Mit gesträubtem Nackenfell stieß sie ein herausforderndes Bellen aus – das gleiche tapfere kleine „Wuff!" wie schon einmal.

Aber diesmal brachte es Daniel nicht zum Lachen.

Diesmal ließ es ihn frösteln.

Bei Tageslicht war der Wald ein angenehmerer Ort als bei Nacht. Die stattlichen Bäume und die verschrumpelten alten Stümpfe schienen die Besucher nun willkommen zu heißen, als Daniel, Beth und Scooby unter dem Blätterbaldachin dahinschlenderten. Das Sonnenlicht, das durch die Baumwipfel fiel, ließ um sie herum alles strahlen und funkeln. Doch nichts konnte das Gefühl einer bedrückenden Vorahnung vertreiben, das schwer auf Daniels Schultern lastete.

„Ich wünschte, du würdest aufhören, dir wegen Scooby Sorgen zu machen, Daniel", sagte Beth und duckte sich unter einem niedrigen Zweig hinweg. „Ihr geht's wieder super. Sieh sie dir doch an! Es macht ihr einen Riesenspaß, alles auszukundschaften."

„Ja, ich weiß", brummte Daniel, während er zusah, wie Scooby in den vielen Laubhaufen herumwühlte und ihren Kopf in Kaninchenbauten steckte. Er seufzte und wünschte, er könnte die bedrohliche Wolke beiseiteschieben, die ihm den ganzen Tag verdarb.

Das hatte nichts mit dem Wald zu tun, der überhaupt nicht unheimlich wirkte, wie noch in der Nacht zuvor. Nirgendwo lauerten bedrohliche Schatten. Und die Bäume sahen aus wie Bäume, nicht wie Riesen, die jeden Moment ihre Wurzeln aus dem Boden reißen und auf ihn zustürzen konnten. Das Rascheln stammte von Kaninchen, die durchs Unterholz flitzten. Und das Flattern über ihren Köpfen waren nur Vögel, die von Ast zu Ast hüpften. Dieser Ort hatte nichts Böses, Finsteres oder Gespenstisches. Es war nur diese blöde Melissa, die alles so hindrehte, als ob im Tal ein Säbelzahnmonster umginge.

„Weißt du was", murmelte Daniel, während sie mit ihren Schritten die Blätter auf dem Waldboden aufwirbelten. „Ich glaube, Melissa will bloß ihren Namen in der Zeitung sehen, genau wie diese Laird-Kids. Nur deshalb macht sie wegen diesem Geistertiger so einen Aufstand – damit sie berühmt wird."

„Du hast wahrscheinlich recht", meinte Beth und blieb stehen, um einige Pilze zu betrachten, die rund um einen umgestürzten Baumstamm standen. Sie war fasziniert von all den seltsam aussehenden Arten, die überall wuchsen, und machte Daniel bei jedem Schritt auf die verschiedenen Exemplare aufmerksam. „Schau dir die mal an! Sind die nicht hübsch?", rief sie, als sie einige Fliegenpilze mit ihren knallroten Kappen und den weißen Punkten entdeckte.

„Und giftig! Pflück die bloß nicht fürs Frühstück", sagte Daniel warnend. In Gedanken war er immer noch mit der Frage beschäftigt, wie weit Melissa gehen würde, damit man ihren Namen mit der Bestie vom Endrith-Tal in Verbindung brachte.

„Ich weiß, ich bin ja nicht doof", erwiderte Beth scharf. „Eigentlich werden sie Fliegenblätterpilze genannt. Aber ich glaube, sie gehören zu der Sorte, in der Feen und Elfen leben, meinst du nicht auch?"

Daniel stöhnte. „Jetzt erzähl mir bloß nicht, dass du noch an Feen glaubst!"

Sie keuchte entsetzt auf. „Du etwa nicht? Jedes

Mal, wenn jemand sagt, dass er nicht an Feen glaubt, stirbt nämlich eine von ihnen ... Oh, sieh doch mal ..." Beth beugte sich hinunter und fischte sanft etwas aus dem Gras. Dann kam sie langsam auf ihn zu, während sie mit trauriger Miene etwas betrachtete, das sie in der hohlen Hand hielt.

„Was ist denn?" Besorgt runzelte Daniel die Stirn.

„Schau mal, was du getan hast. Es ist eine tote Fee!"

„Hä? Spinnst du? Das kann nicht sein." Trotzdem versuchte er mit schuldbewusster Miene, einen Blick auf ihre Hand zu erhaschen.

Kreischend vor Lachen hielt Beth ihm ihre leeren Hände hin. „Na, wer von uns beiden glaubt jetzt an Feen?"

„Ha, ha, sehr witzig!", knurrte er und verkniff sich ein Grinsen.

Sie versetzte ihm einen freundschaftlichen Stoß. „Schon besser! Du hättest beinahe gelacht ..."

Ihr Gelächter erstarb von einem Moment zum anderen, als ein Knacken hinter ihnen ertönte. „Was war das?", stieß Beth atemlos hervor.

Scooby hatte es auch gehört und sah auf. Ihre Nase war von der eingehenden Untersuchung eines Kaninchenbaus dreckverschmiert.

Ein merkwürdiger Schauder kroch Daniels Rücken hinauf. „Ich weiß nicht …"

Beth umschlang seinen Arm. „Wahrscheinlich ein Zweig. Ein großer Zweig, so laut wie das war. Was kann da wohl draufgetreten sein, Daniel?"

„Vielleicht ein Hirsch. In diesem Teil des Landes gibt es eine Menge Rotwild."

„Wird er uns angreifen?", fragte Beth mit zittriger Stimme und weit aufgerissenen Augen.

„Natürlich nicht. Wir müssten schon ganz schön Glück haben, um überhaupt einen zu Gesicht zu bekommen", behauptete er im Brustton der Überzeugung, obwohl sein Herz wie verrückt klopfte. „Sie können sich in den Wäldern super tarnen und verschmelzen richtig mit dem Unterholz."

„Und, war es nun ein Hirsch?"

„Kann sein … ich denke schon …"

„Was sollte es sonst sein?" Ihre Stimme zitterte immer noch.

Daniel blickte hastig von rechts nach links, all

seine Sinne waren plötzlich hellwach. Er hörte Insekten summen, das Flattern von Vögeln und sein eigenes Herz, das gegen die Rippen hämmerte.

„Was ist das?" Beths Fingernägel bohrten sich in seinen Arm. „Hör doch mal!"

Schhhhh, schhhh ... Jemand oder *etwas* schlurfte durch die Blätterschicht, die den Waldboden bedeckte.

Der Welpe stieß ein leises Knurren aus.

„Schnapp dir Scooby", flüsterte Beth. „Ich denke, wir sollten von hier verschwinden."

Schhhh, schhhhh ... Wieder diese Schritte.

Knack! Ein weiterer Zweig krachte unter schweren Füßen.

Daniel griff nach seiner Hündin, doch die schoss aufgeregt bellend davon.

„Scooby!", schrien er und Beth gleichzeitig.

Und dann sahen sie es ... Es war ein Mann – und Scooby rannte direkt auf ihn zu.

„Das ist mein Vater!", keuchte Daniel. Vor lauter Erleichterung bekam er ganz weiche Knie. Er grinste Beth breit an. „Nur mein Vater. Hey, Dad, hier drüben!"

Beth stieß einen tiefen Seufzer aus. „Gott sei Dank! Ich dachte schon, es wäre Melissas Ungeheuer."

Daniel schüttelte in gespielter Verzweiflung den Kopf. „Tu mir einen Gefallen und hör auf mit dem Mist! Erst Feen, jetzt Monster. Du bist ja langsam schon so gaga wie Melissa!"

Wieder boxte Beth ihm in die Seite. „Mir machst du nichts vor, Daniel Glenn! Vor einer Minute warst du noch genauso erschrocken wie ich."

„Pah! Ich doch nicht!", feixte er und ging auf seinen Vater zu. „Hey, Dad! Was machst du denn hier?"

„Hallo, Leute!" Andrew Glenn winkte ihnen zu und beugte sich dann hinunter, um Scooby zu streicheln. „Ihr habt euch ein bisschen weit vorgewagt, oder? War gar nicht so leicht, euch zu finden."

„Wir haben uns nur mal umgesehen und Beth hat ein paar Pilze fürs Frühstück gepflückt."

„Hab ich nicht!", fauchte sie. „Die meisten von ihnen sind nämlich giftig. Das würde ich nie riskieren."

„Ist auch besser so", meinte Daniels Dad. „Bei

euch ist also alles okay? Ich dachte, ich schau einfach mal nach, wie es Scooby geht."

„Sie ist wieder putzmunter", sagte Daniel und die Kleine gab ihm recht, indem sie zwischen den Blättern umhersprang.

„Und du, Beth? Was ist mit deiner Stirn?"

Sie berührte das Pflaster an ihrer Braue. „Tut noch ein bisschen weh, aber nicht sehr. Danke."

Sie gingen weiter und bewunderten die Schönheit des Waldes, den die Sonnenstrahlen mit einem Tupfenmuster aus Licht und Schatten verzierten.

„Na, Beth, was hältst du von dem guten alten Schottland?", fragte Andrew.

„Oh, es ist wunderschön. Wahrscheinlich der schönste Ort auf der ganzen Welt …" Ihr Lächeln verblasste. „Es ist nur … na ja, all dieser Geisterkram. Ich hasse das."

„Mach dir deswegen keine Sorgen. Dir wird schon nichts passieren." Andrew begleitete seine Worte mit einem beruhigenden Lächeln. Doch als Daniel die Anspannung im Blick seines Vaters sah, legte sich die schwere dunkle Wolke wieder auf seine Schultern.

So wanderten sie noch ungefähr eine Stunde durch den dichten Wald. Aber erst als sie durch das Tal wieder zurückkehrten und Beth vorauslief, um als Erste bei ihrem Vater im Camp zu sein, sprach Andrew aus, was ihm durch den Kopf ging.

„In Beths Gegenwart wollte ich nichts davon sagen. Sie ist ein bisschen empfindlich, was all dieses Gerede über Geister und so angeht."

„Und …?", murmelte Daniel leise. Er war sich nicht sicher, ob er hören wollte, was gleich kommen würde.

„Wir haben die Messgeräte abgelesen, die Melissa bei sich hatte, als Scooby sich so seltsam benommen hat und du diese Temperaturschwankungen gespürt hast. Da ging eindeutig etwas sehr Außergewöhnliches vor sich."

Daniel sackte der Magen in die Kniekehlen. „Und zwar?"

Sein Vater sah ihn fest an. „Na ja, wie du schon gesagt hast, zunächst einmal sehr tiefe und sehr hohe Temperaturen. Außerdem ist der Detektor für die elektromagnetischen Felder über die Skala hinausgeschossen." Sein Vater holte tief Luft.

„Insgesamt deutet alles auf übersinnliche Aktivität an diesem Ort hin."

„Du meinst, auf einen Geist?" Daniel bekam das Wort kaum über die Lippen. Seine Kehle war plötzlich wie zugeschnürt und trotz der Wärme des Tages fröstelte er.

„Die Messwerte sind identisch mit denen, die wir aufgezeichnet haben, als Melissa das erste Mal zusammengebrochen ist, und auch mit denen in der Höhle. Wir hatten sogar Ausschläge bei den ESP-Werten."

„Was heißt denn ESP?"

„Elektronische Stimmphänomene. Es klang ein bisschen wie ein Brüllen …"

Daniel erstarrte. Das Geräusch hatte sich tatsächlich wie das Gebrüll eines Tiers angehört. Weit entfernt und gleichzeitig ganz nah. Er bemühte sich, ruhig zu klingen, als er sagte: „Ihr glaubt also, dass es sich um einen Geist handelt?"

„Um ein Geistwesen, ja."

„Sag ich doch, um einen Geist."

„Ich denke, so könnte man es auch formulieren."

Daniel starrte seinen Vater an. „Ein Geist, der brüllt! Willst du damit sagen, es ist der Geist der Bestie? Der Geist eines prähistorischen Säbelzahntigers? Diese Bestie, die den Laird-Kindern so einen Schrecken eingejagt hat?"

Sein Vater erwiderte nichts darauf.

Aber sein Gesichtsausdruck sprach Bände.

07

„**Da seid ihr** ja!", rief Melissa, als Daniel und sein Vater wenig später schweigend ins Camp kamen. „Wir waren kurz davor, einen Suchtrupp loszujagen! Wie wär's mit etwas Kaltem zu trinken? Und für den kleinen Hund habe ich einen feinen Keks ... Hier, Putzi, Putzi!" Sie ging in die Hocke und hielt Scooby ein Ingwerplätzchen hin.

„Eigentlich möchte ich nicht, dass sie Kek–" Zu spät. Melissa hatte ihn schon an Scooby verfüttert. „Na ja, ich denke, einer wird schon nicht schaden. Ich möchte bloß nicht, dass sie zu dick wird."

„So wie ich, meinst du?" Melissa lachte und streichelte die Hündin, während die ihr die Krümel von den Fingern leckte.

„Das wollte ich damit nicht sagen." Daniel runzelte die Stirn und fragte sich, warum Melissa plötzlich so nett war. Wahrscheinlich war sie immer noch aufgedreht, weil sie jetzt Beweise für die Existenz ihres Geists hatte.

Auch den Rest des Nachmittags war sie nervtötend gut gelaunt. Und nach dem Abendessen sprudelte sie vor Aufregung förmlich über.

„Ich glaube, es ist mir lieber, wenn sie in ihren anderen Welten schwebt", sagte Daniel, als er und Beth im Zelt noch eine Runde *Scrabble* spielten. Scooby lag zusammengerollt auf seinem Schoß.

„Mir auch. Oh, pass auf, da kommt sie gerade!"

Melissa steckte ihren Kopf durch die Zeltklappe. „Wir wollen heute Abend in der Nähe des Sees Messungen durchführen. Habt ihr Lust mitzukommen?"

„Nein, danke", antwortete Beth höflich. „Wir spielen gerade *Scrabble*."

„Dann vielleicht das Hündchen?", fragte Melissa liebenswürdig. „Ein bisschen Bewegung vorm Ins-Bett-Gehen?"

„Nein, ich glaube, das ist nicht nötig. Sie ist ziemlich erschöpft", erwiderte Daniel und hielt Scooby fest.

„Och, das ist wirklich schade", rief Melissa aus,

stürmte ins Zelt und streckte die Hand aus, um die Kleine zu streicheln.

Daniel brachte seine Hündin außer Reichweite von Melissas zudringlichen Fingern. „Sie braucht ihren Schönheitsschlaf", sagte er abwehrend.

Melissas Mund verzog sich zu einem seltsamen Lächeln. „Dann eben ein andermal", murmelte sie und zögerte unmerklich, bevor sie hinausstolzierte. Zurück blieb nur ihr eigenwilliger Duft nach Blumen und Kräutern.

„Da kannst du lange warten!", stieß Daniel zwischen zusammengebissenen Zähnen hervor.

„Sie ist komisch", sagte Beth, während sie den Reißverschluss der Zeltplane zuzog. „Ich wundere mich, dass sie Scooby mitnehmen wollte. Sie hat doch die ganze Zeit behauptet, dass Hunde die Atmosphäre des Übersinnlichen stören ... Ach, das ist sowieso alles Quatsch – mit einem toten Tiger in Kontakt zu treten! Ich meine, die Geister von Menschen sind ja schon schlimm genug! Aber mit einem wilden Tier kann man nicht mal reden, wenn es *lebt*. Wie soll das dann funktionieren, wenn es seit Tausenden von Jahren tot ist?"

„Da hast du recht", stimmte Daniel ihr nachdenklich zu. „Du würdest ja auch nicht nach einem wilden Tier rufen und erwarten, dass es kommt. Das ist bei einem Hund schon schwierig genug. Wahrscheinlich würde es weglaufen und sich verstecken."

„Genau!", bekräftigte Beth, legte mit den *Scrabble*-Buchstaben ihr Wort und rechnete die Punktzahl zusammen. „Sie spinnt eben total!"

Daniels Gedanken rasten wie verrückt. Wie wollte Melissa dieses Säbelzahnmonster eigentlich zum Auftauchen bewegen, wenn es tatsächlich existierte? Sie hatte versucht, es herbeizurufen, und das hatte nicht funktioniert ...

Plötzlich fiel es ihm wie Schuppen von den Augen. Ein wildes Tier lockte man mit Nahrung an. Und was hatten die Säbelzahntiger in grauer Vorzeit höchstwahrscheinlich gefressen? Rohes Fleisch!

Einige Worte aus dem Zeitungsartikel schossen ihm durch den Kopf ...

„Ihre Säbelzähne haben sie dazu benutzt, den weichen Bauch ihrer Beute zu durchbohren."

Scooby zappelte auf seinem Schoß hin und her

und drehte sich dann auf den Rücken, um gekrault zu werden.

„Daniel, du bist dran!", platzte Beth plötzlich in seine Überlegungen. „Hallo, hallo? Irgendwer zu Hause?"

Ihm war schlecht. Fürchterlich schlecht. „Was? Oh, entschuldige. Ich war gerade in Gedanken ganz weit weg." Ohne hinzusehen, legte er ein paar Buchstaben ab. Und betrachtete dann voller Entsetzen das Wort, das er gebildet hatte.

„Wow! Wie originell, Daniel", sagte Beth mit ironischem Ton. „Und dann noch mit dreifacher Punktwertung!"

Daniel starrte ungläubig auf das *Scrabble*-Brett. Das Wort, das er gelegt hatte, war … TIGER.

Beim Frühstück am nächsten Morgen war zu merken, dass die beiden Väter sich abgesprochen hatten. Sie hatten offenbar beschlossen, die Stimmung ein bisschen aufzuheitern, indem sie die Geisterjagd erst mal für eine Weile auf Eis legten.

Daniel war froh zu hören, dass sie heute etwas anderes unternehmen würden. Besonders nach der unruhigen Nacht, die hinter ihm lag. Er hatte sich eine Ewigkeit in seinem Schlafsack hin und her gewälzt und schließlich von Gespenstern und Säbelzahnungetümen geträumt.

„Es wird höchste Zeit, dass wir uns alle entspannen und ein bisschen Spaß haben", sagte Len, während er Eier in die Pfanne schlug.

Da tauchte Andrew mit dem aufblasbaren Schlauchboot und den Paddeln auf, die er aus dem Van geholt hatte. „Hey, Kids, habt ihr Lust, nach dem Frühstück ein bisschen auf den See rauszufahren?"

„Und ob!", rief Daniel und grinste Beth an.

Sie sah nicht ganz überzeugt aus, nickte aber dennoch.

„Ihr solltet besser Rettungswesten anziehen", sagte Len. „Und ich denke, wir werden das Boot mit einer langen Leine am Ufer vertäuen, damit wir euch zurückziehen können, wenn ihr ein Paddel verliert oder so."

„Scooby können wir doch mit an Bord nehmen, oder?", fragte Daniel eifrig.

„Ich wüsste nicht, was dagegen spricht", erwiderte Andrew und ging zum Van zurück, um die elektrische Luftpumpe zu holen. „Natürlich nur, wenn ihr keinen Unsinn anstellt. Len und ich werden ein bisschen angeln, wir sind also ganz in der Nähe."

„Ich muss mir dringend noch ein paar Notizen machen", verkündete Melissa, was niemanden überraschte.

Gleich nach dem Frühstück bliesen sie das quietschgelbe Schlauchboot auf und trugen es zum See. Scooby rannte glücklich kläffend neben ihnen her.

Alle stiefelten barfuß in das flache Wasser. Len und Andrew hielten das Boot fest, während Daniel und Beth zuerst Scooby hineinhoben und dann selbst an Bord kletterten. Zum Schluss befestigte Len das wacklige Gefährt mit einem langen Seil an einem Baumstumpf.

„Hebt den Anker und hisst die Segel, Jungs!", rief Daniel. Scooby stand auf den Hinterbeinen und spähte wie ein alter See-Hund aufmerksam übers Wasser.

„Und keine Dummheiten!", sagte Andrew mit strenger Stimme.

„Das gilt auch für dich, Beth", fügte Len hinzu

und versetzte dem kleinen Schiff einen kräftigen Schubs. Es trieb auf den See hinaus, der heute eine stumpfe graue Farbe hatte.

Es war ein eigenartiges Gefühl, als der Gummikahn dabei auf dem Wasser auf und ab hüpfte – irgendwie berauschend. Eine warme Brise strich über die Wasseroberfläche und kräuselte sie, so weit das Auge reichte. In diesem Moment kam die Sonne heraus. Ihre Strahlen brachen sich auf den winzigen Wellen und ließen alles um sie herum glitzern und funkeln.

„Ist das herrlich!", seufzte Beth, während sie sich entspannt zurücklehnte und eine Hand im Wasser treiben ließ.

„Ja, und die anderen machen die ganze Arbeit", witzelte Daniel, der langsam den Dreh raushatte, wie das mit dem Paddeln und Steuern funktionierte.

„So nah am Ufer ist der See doch noch keine zweihundertfünfzig Meter tief, oder?"

Daniel stieß das Paddel nach unten und stellte fest, dass er den Grund nicht berührte. „Es ist zumindest tiefer als dieses Teil hier. Fall also besser nicht rein."

„Mir würde nichts passieren. Ich habe nämlich schon meinen Fahrtenschwimmer. Kannst du eigentlich schwimmen?"

„Ja! Na klar! Und außerdem treibt man mit diesen Rettungswesten sowieso oben."

Beth seufzte glücklich. „Ich liebe das Wasser, du nicht auch? Es ist so friedlich und ruhig – und niemand redet über irgendwelche blöden Geister."

„Da hast du recht", sagte Daniel, während sie so dahintrieben und den atemberaubenden Anblick von Wald und Berg genossen, die den See säumten.

„Darf ich auch mal paddeln?", fragte Beth nach einer Weile.

„Wenn du willst", erwiderte Daniel und wollte mit ihr die Plätze tauschen. Durch die plötzliche Bewegung tauchte das Schlauchboot tief ins Wasser und ruckte hin und her. „Ups!"

„Pass doch auf! Sonst kentern wir noch."

Nachdem sich das Schiffchen wieder beruhigt hatte, nahm Beth die Paddel und schipperte glücklich über den See. Scooby stützte sich nach wie vor mit den Vorderpfoten auf den Rand ihres

Kahns. Der Kleinen gefiel diese neue Erfahrung und sie kläffte jedes Mal begeistert, wenn sie von einem Wassertropfen getroffen wurde.

Entspannt zurückgelehnt und die Füße über die Bordwand baumelnd, blinzelte Daniel hinauf in den blassblauen Himmel. Er betrachtete die flauschigen weißen Wolken, die über ihm dahinschwebten. „Ist das ein Leben!"

„So herrlich faul", seufzte Beth. „Ich könnte den ganzen Tag hier drau–" Sie kam nicht dazu, ihren Satz zu beenden. Das Schlauchboot kippte aus heiterem Himmel zur Seite, als wäre ein enormes Gewicht darauf gelandet. Schon wurden sie in die eiskalten Fluten geschleudert.

Beths Entsetzensschrei war das Letzte, was Daniel hörte, bevor sich das Wasser über seinem Kopf schloss und alles zu einem gedämpften, erstickenden Chaos aus kleinen Strudeln und wirbelnden Armen und Beinen wurde.

Obwohl er in dem dunklen See kaum etwas erkennen konnte, sah er dennoch verschwommen Beths schreckverzerrtes Gesicht durch den Strom aus kleinen Luftblasen, der aus ihrem Mund schoss. Trotz des betäubenden Schocks durch die plötzliche Kälte schaffte Daniel es, sie zu packen. Beth verzweifelt umklammert, strampelte er mit beiden Beinen und versuchte, nach oben zu kommen. In seiner Lunge tobten Todesqualen. Als er noch einmal kräftig austrat, um endlich an die Oberfläche zu kommen, spürte er unter seinem Fuß einen weichen Widerstand. Doch das Wasser war zu aufgewühlt, um sehen zu können, was es war. Schaum, Blasen und etwas Gelbes, das ab und zu aufblitzte, wirbelten vor seinen Augen durcheinander, als er sich auf die rettende Luft zukämpfte.

In dem Moment, als er an die Oberfläche stieß, packte ihn etwas und legte sich wie ein stählernes Band um seine Mitte. In Panik schlug er um sich. In all diesem Tohuwabohu hörte er auf einmal die Stimme seines Vaters: „Ich bin's, Daniel! Ich hab dich! Ganz ruhig!"

Len war auch da. Er griff nach Beth. „Ich hab sie! Du kannst sie jetzt loslassen, Daniel! Du bist in Sicherheit, Kleines. Keine Angst, dir passiert nichts!" Len schwamm auf dem Rücken und hielt Beths Kopf dabei über Wasser.

„Schaffst du es alleine zurück?", fragte Andrew,

der neben Daniel auf der Stelle trat, während sein Sohn gierig die Luft einsog.

„Ja", stieß er hervor und kraulte durch die kalten grauen Fluten aufs Ufer zu. Es schien eine Ewigkeit zu dauern, bis sie es endlich erreicht hatten. Andrew half Daniel herauszuwaten, während Len Beth auf seine Arme hob und sie trug. Dann brachen alle vier auf dem sumpfigen Gras zusammen.

„Bist du in Ordnung?", fragte Andrew keuchend und klopfte Daniel auf den Rücken, damit er besser Luft bekam. Und dann platzte er wütend heraus: „Was zum Teufel ist passiert? Ich hatte euch doch gesagt, ihr sollt keine Dummheiten machen! Was habt ihr angestellt?"

„Wir haben gar nichts ...", setzte Daniel an. Aber durch das Wasser und die Algen in seinem Mund musste er so sehr husten, dass ihm davon ganz schlecht wurde.

„Wir haben keinen Unsinn gemacht!", rief Beth, die ebenfalls Wasser spuckte

„Ehrlich, Dad, wir können nichts dafür", beteuerte auch Daniel und wischte sich die Augen. „Das Schlauchboot hat uns einfach rausgeworfen. Es ist plötzlich an einer Seite hochgekippt und wir lagen im See. Ich weiß nicht, wie das passieren konnte. Das musst du uns glauben!"

„Es könnte sein, dass das Seil sich an irgendetwas verhakt hat und das Boot dadurch gekentert ist", meinte Len nachdenklich, während er Beth das klitschnasse Haar aus der Stirn strich.

„Das wird es gewesen sein." Zitternd vor Kälte und verwirrt, blickte Daniel zum See hinüber. Jetzt war alles ruhig. Das Schlauchboot dümpelte friedlich am Ende seiner Leine vor sich hin. Es sah aus, als wäre nichts passiert. Melissa kam atemlos und mit rotem Gesicht auf sie zugerannt. „Ist jemand verletzt?", stieß sie außer Puste hervor.

„Die beiden sind okay", versicherte ihr Daniels Vater. „Aber frag mich nicht, wie das passieren konnte."

„Hast du es denn nicht gesehen?", setzte sie an. „Es …"

„Scooby!" Eine kalte Hand griff nach Daniels Herz und drückte dann so fest zu, dass er vor Schmerz aufschrie. „Scooby!"

Er kämpfte sich auf die Beine, rannte zum Wasser und suchte mit seinem Blick hektisch die Oberfläche ab. Jetzt reagierten auch die anderen. Doch von der kleinen Hündin war nichts zu sehen. Verzweifelt taumelte Daniel durch Schlamm und Schilf und betete, dass Scooby es geschafft hatte. Immer wieder rief er aus voller Kehle ihren Namen.

Als ihm einfiel, dass er in seiner Panik gegen etwas Weiches und doch Festes gestoßen war, betete er noch inständiger. Lass es nicht Scooby gewesen sein ... bitte, lass es nicht Scooby gewesen sein!

Beth stand weinend am Ufer, während die beiden Männer immer tiefer ins Wasser wateten, bis sie schließlich schwammen.

„Scooby!", schrie Daniel, während ihm die Tränen über die Wangen strömten. „Scooby! Wo bist du? Scooby!"

Und dann ertönte plötzlich ein vertrautes kleines „Wuff!".

Alle hatten es gehört und sahen sich suchend um.

„Da ist sie!", jubelte Daniel mit überschnappender Stimme. „Sie ist noch im Schlauchboot.

Scooby! Bleib, wo du bist! Wir kommen. Beweg dich nicht!"

Während die beiden Väter das Boot vom Wasser aus schoben, zogen Beth und Daniel an dem Seil, um es so schnell wie möglich an Land zu bringen. Sobald sie nahe genug waren, hob Andrew den Welpen heraus und reichte ihn Daniel. Der drückte ihn ganz fest. „Scooby! Ich dachte, du wärst ertrunken. Ich dachte, ich hätte dich verloren."

Dann staksten alle an Land. Andrew legte den Arm um seinen Sohn und kraulte die kleine Hündin. „Ich weiß wirklich nicht, wie ihr es fertiggebracht habt rauszufallen, aber immerhin sind jetzt alle in Sicherheit!"

„Wieso *gefallen*?", fragte Melissa ungläubig. „Die beiden sind nicht einfach ins Wasser *gefallen*."

„Das versuchen wir ihnen die ganze Zeit klarzumachen", stöhnte Daniel, überrascht, dass sie ausnahmsweise mal auf ihrer Seite war. „Wir wurden regelrecht rausgeworfen!"

„Damit werden wir uns beschäftigen, sobald wir aus diesen nassen Klamotten raus sind", sagte

Andrew und scheuchte die Gruppe in Richtung Camp. „Sonst bekommen wir noch eine Lungenentzündung."

„Es war die Bestie!", verkündete Melissa und ließ damit alle mitten in der Bewegung erstarren.

„Was?", fauchte Andrew.

„Als ich aus dem Lager gerannt kam, sah ich, wie ihr zu den Kindern hinausgeschwommen seid", berichtete sie aufgeregt. „Von dort, wo ich stand, konnte ich noch etwas anderes im Wasser sehen. Na ja, *sehen* ist vielleicht nicht das richtige Wort, aber mir fiel auf, dass das Wasser sehr unruhig war. Irgendetwas Großes hat sich dort neben den beiden bewegt. Wenn ich doch bloß den Camcorder dabeigehabt hätte …"

Für einen Moment herrschte ungläubige Stille. Dann schrie Beth: „Nein!" und warf sich schluchzend in die Arme ihres Vaters.

„Mach dich doch nicht verrückt, Liebes", sagte Len mit sanfter Stimme und hielt sie ganz fest. Doch der Blick, den er mit Andrew tauschte, war voller Fragen. Allerdings war jetzt nicht der geeignete Zeitpunkt, sie zu stellen. „Melissa muss sich geirrt haben, mein Schatz", sagte er beruhigend und führte Beth beiseite. „Es geht uns allen gut. Niemand ist verletzt. Jetzt müssen wir erst mal zusehen, dass wir uns trockene Sachen anziehen."

Während er in Richtung Camp ging, stierte er Melissa über die Schulter an, wobei Daniel spontan einfiel: „Wenn Blicke töten könnten …"

„Ich sage euch doch, es war die Bestie", sagte Melissa trotzig, kaum dass Len und Beth außer Hörweite waren.

Andrew schüttelte den Kopf. „Hättest du damit nicht warten können, bis Beth weg war?"

„Ich habe euch gleich gesagt, dass es keine gute Idee ist, Kinder auf eine Exkursion mitzunehmen", hielt Melissa dagegen. „Dies hier ist eine unglaubliche Entdeckung. Wenn der Camcorder einsatzfähig gewesen wäre, könnte ich euch jetzt den Beweis für die Existenz der Bestie liefern. Und noch eins, Andrew, ich glaube nicht, dass die beiden ihr zufällig über den Weg gelaufen sind. Das war eine gezielte Aktion."

Andrew blickte sie scharf an, um sie daran zu erinnern, dass nach wie vor eins der Kinder anwesend war. „Wir müssen uns jetzt endlich umziehen. Das, was du zu sagen hast, wird noch ein wenig warten müssen!"

Doch Melissa war nicht zu bremsen. „Vielleicht ist dieses Geschöpf seit Zehntausenden von Jahren tot, aber sein Jagdinstinkt ist noch ziemlich lebendig. Das konnte man an der Entschlossenheit und Kraft sehen, mit der es durchs Wasser gepflügt ist. Glaub mir, es war eindeutig auf Beutejagd."

Obwohl er wegen seiner durchweichten Klamotten schon völlig durchgefroren war, durchfuhr Daniel bei ihren Worten ein noch viel kälterer Schauer. „Du meinst, *wir* waren seine Beute? Dieses Biest wollte *uns* töten?"

„Nicht euch alle. Ich glaube, die meisten von uns sind für die Bestie nicht besonders interessant." Melissa schielte zu dem Welpen in Daniels Armen. „Aber sie hat ein eindeutiges Interesse an *einem* von uns."

„Und an wem?", fragte Daniel kaum hörbar. Wieder kroch die Übelkeit in ihm hoch.

Der feste Griff, mit dem Andrew die Schulter seines Sohnes umklammerte, verstärkte sich sogar noch, als er sich nun umwandte und Daniel entschlossen in Richtung Camp dirigierte. „Die Dinge laufen langsam ein bisschen aus dem Ruder. Wir müssen uns unbedingt etwas Trockenes anziehen ... und zwar sofort!"

„An wem?", rief Daniel über die Schulter zurück, während sein Vater ihn wegführte.

„An Scooby natürlich", rief Melissa ihnen nach. „Die Bestie ist hinter deinem Hund her!"

08

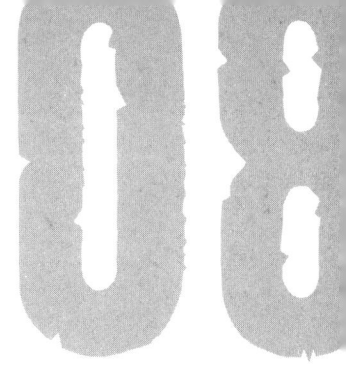

„**Daniel, du solltest** das nicht für bare Münze nehmen", versuchte Andrew ihn zu trösten, als sie zurück ins Camp stapften. „Melissa hat nun mal einen Hang zu übertriebener Dramatik. In ihrer Aufregung ist sie etwas übers Ziel hinausgeschossen. Geister haben keine körperliche Substanz. Es ist unmöglich, dass sie eine feste Form annehmen."

Daniel zitterte am ganzen Körper und das nicht nur wegen der Kälte, die von seinen nassen Sachen ausging. „Und wenn es stimmt?", fragte er kläglich. „Eure Messgeräte zeigen die ganze Zeit komische Werte an, wenn Scooby in der Nähe ist."

„Das kann man so nicht sagen", widersprach sein Vater mit beruhigender Stimme. „Beim ersten Mal, als wir etwas Ungewöhnliches aufgezeichnet haben, wart ihr ein ganzes Stück entfernt auf Entdeckungstour, Scooby und du. Und als das in der Höhle passiert ist, war dein Hund mit Beth draußen." Er sah ihn fest an. „Junge, wir müssen der Tatsache ins Gesicht sehen, dass es in diesem Tal eindeutig übersinnliche Aktivitäten gibt. Aber ich glaube nicht, dass wir es mit einem prähistorischen Tier zu tun haben, das wieder zum Leben erwacht ist. Das ist unlogisch. Ich würde sogar behaupten, dass dieser Geist unmöglich zu einem Tier gehören kann. Zwischen den Leuten, die paranormale Phänomene erforschen, gibt es eine grundlegende Meinungsverschiedenheit darüber, ob Tiere überhaupt so etwas wie eine Seele besitzen. Wenn du mich fragst, sind all diese Ereignisse auf die geballte geistige Energie der Männer zurückzuführen, die in der Schlacht von Endrith gestorben sind."

„Und warum habe ich dann dieses Gebrüll gehört?", fragte Daniel unbehaglich.

„Es könnte auch Kriegsgeschrei gewesen sein. Das klingt letzten Endes sehr ähnlich", warf Andrew ein und fügte dann besänftigend hinzu: „Ich beschäftige mich seit fast zehn Jahren mit übersinnlichen Erscheinungen. Und ich habe noch nie davon gehört, dass ein Geist seine frühere Gestalt angenommen hätte und ins Leben zurückgekehrt wäre. Und jetzt sollten wir einen Zahn zulegen und zusehen, dass wir aus den nassen Klamotten kommen. Ich weiß ja nicht, wie es dir geht, aber ich bin halb erfroren."

Nachdem sie im Lager angekommen waren, trocknete Daniel sich ab und zog sich etwas anderes an. Er hätte seinem Vater nur zu gerne geglaubt. Aber in seinem Kopf drehte sich alles und die Gedanken wirbelten wie verrückt durcheinander.

Als schließlich alle wieder trocken aus ihren Zelten kamen, machte Andrew etwas Warmes zu trinken, während Len eine Wäscheleine für die klatschnassen Sachen aufspannte. Doch Beth war alles andere als glücklich.

„Ich will nach Hause!", jammerte sie, als die vier mit ihren Bechern voll heißer Schokolade im Kreis saßen. „Ich hasse es hier! Ich hasse diesen ganzen Geisterkram! Ich hasse Boote, die plötzlich kentern! Und ich hasse es, fast zu ertrinken!"

In diesem Moment kam Melissa aus ihrem Zelt,

Notizbuch und Stift in der Hand. „Tja, ich fürchte, daraus wird erst mal nichts, Schätzchen. Morgen ist der Jahrestag der Schlacht von Endrith, den dürfen wir auf gar keinen Fall verpassen. Das ist einer der Hauptgründe, warum wir unsere Zeit geopfert haben, um in dieses Tal zu fahren."

„Noch mehr Gespenster!", stöhnte Beth. „Dad, ich will nicht länger hierbleiben. Wenn es wirklich die Bestie war, die unser Boot umgestoßen hat, dann heißt das, dass sie in unserer Welt existiert. Und wenn sie ein Boot umkippen kann, kann sie uns auch ernsthaft verletzen."

„Das wird nicht passieren", versicherte ihr Len und bedachte die beiden mit einem stählernen Blick. „Der einzige Hinweis auf irgendetwas Übernatürliches sind elektromagnetische Feldstörungen und Temperaturschwankungen. Es gibt keinen gesicherten Beweis dafür, dass sich hier ein Geist manifestiert hat."

Melissa warf frustriert die Arme in die Luft. „Keinen Beweis! Wie viele Beweise brauchst du denn noch? Hast du die ESP-Werte vergessen? Gar nicht zu reden von meiner außersinnlichen

Wahrnehmung – und dem Boot! Ich wünschte, ich hätte sofort zum Camcorder gegriffen, als ich gesehen habe, was passiert ist. Stattdessen habe ich wie eine Idiotin alles stehen und liegen lassen und bin zum See gerannt, um zu sehen, ob ich helfen kann. Ich habe mir vor allem um die Kinder Sorgen gemacht."

„Das weiß ich durchaus zu schätzen", sagte Len, der ziemlich verärgert klang. „Ich wünschte ebenfalls, du hättest das Ganze aufgenommen. Wenigstens hätte dann diese Meinungsverschiedenheit ein für alle Mal ein Ende."

„Von einer Meinungsverschiedenheit kann gar keine Rede sein", entgegnete Melissa und verschränkte die Arme vor der Brust. „Es gibt hier eindeutig Poltergeistaktivität. Und es ist eine Tatsache, dass dieser Geist zunehmend an Stärke und Kraft gewinnt."

Daniel starrte sie an und fragte sich, ob sie ernsthaft psychisch krank war oder einfach nur eine Schraube locker hatte. „Wenn es tatsächlich die Bestie war, die uns ins Wasser gestoßen hat, was hat sie dann davon abgehalten, uns in Stücke zu reißen?"

„Immer mit der Ruhe, Daniel", sagte sein Vater und legte ihm beruhigend die Hand auf die Schulter. „Das ist unmöglich. Wie ich dir vorhin schon zu erklären versuchte, hat ein Geist nun mal keine körperliche Form, sondern besteht sozusagen aus Energie. Er kann sich nicht wieder materialisieren."

Melissa schlug begeistert die Hände zusammen. „Du würdest dich wundern, wie viele Forscher glauben, dass sie das sehr wohl können. Wir brauchen nur einen sichtbaren Beweis dafür. Hätte ich doch bloß die Kamera gehabt. Das, was ich beobachtet habe, würde alle bisherigen Erkenntnisse auf dem Gebiet der paranormalen Forschung auf den Kopf stellen und unsere Gesellschaft berühmt machen!"

„Mit dem kleinen Schönheitsfehler, dass wir dann alle tot wären!", rief Daniel. „Wenn dieser Säbelzahntiger wieder zum Leben erwacht, wird er uns angreifen und töten."

„Er will ja gar nicht uns, sondern den Welpen", gab Melissa unfreundlich zurück.

„Jetzt reicht es aber!", schnaubte Andrew. „Lasst uns sachlich und vernünftig miteinander reden.

Das ist doch alles an den Haaren herbeigezogen. Inzwischen geht hier mit allen die Fantasie durch."

Doch Melissa war nicht zu bremsen. Ohne Andrews warnenden Blick zu beachten, rief sie: „Ach, komm schon! Du kannst ja wohl nicht leugnen, dass die Anwesenheit des Welpen die Situation noch verschärft." Melissa machte eine kurze Pause und rief dann mit schriller Stimme: „Ich weiß! Ich habe eine Idee!"

„Ich will deine blöden Ideen nicht hören", sagte Daniel wütend.

Ohne Vorwarnung griff Melissa nach Scooby und hielt sie auf Armlänge über ihren Kopf. Die Kleine stieß ein erschrockenes Quietschen aus und strampelte wie wild, um sich zu befreien. „Wenn ihr meine Vermutungen für so abwegig haltet, dann habt ihr doch bestimmt nichts dagegen, wenn wir den Hund neben unseren Aufnahmegeräten anbinden. Dann werden wir ja sehen, ob die Bestie sich blicken lässt."

„Gib sie her!", schrie Daniel entsetzt und sprang hoch, um ihr Scooby zu entreißen.

Andrew war sogar noch wütender als sein Sohn.

Er nahm Melissa den zappelnden Hund ab und drückte ihn Daniel in die Arme. „Was für ein herzloser, unsensibler und haarsträubender Vorschlag!"

Melissa machte sofort einen Rückzieher. „Um Himmels willen, das war doch nur Spaß. Du regst dich immer gleich so auf! Es war wirklich nicht ernst gemeint." Sie versuchte, Scooby zu streicheln, aber Daniel wandte sich hastig ab. „Es war nur Spaß!", versicherte sie noch einmal mit gekränkter Miene. „Meine Güte …" Sie warf die Arme in die Luft und stapfte davon. Dabei murmelte sie halblaut vor sich hin, dass manche Leute aber auch gar keinen Sinn für Humor hätten.

Für den Rest des Vormittags lag eine kühle, unbehagliche Atmosphäre über dem Lager. Alle saßen schweigend da, lasen oder lösten Kreuzworträtsel. Melissa verschwand für mehrere Stunden in ihr Zelt, um schließlich mit der Ankündigung wieder aufzutauchen, sie würde jetzt noch einmal die Höhle erforschen.

„Keine Angst, ich gehe auch ohne euch", sagte sie, als niemand sich rührte. „Ich erwarte gar nicht, dass mich einer von euch begleiten will."

Len legte sein Buch beiseite und stand auf. „Ich komme mit. Es ist keine gute Idee, dass du dich alleine auf den Weg machst. Du könntest stürzen oder sonst was."

Beth sprang auf und nahm die Hand ihres Vaters. „Wenn du gehst, gehe ich auch!"

Er lächelte sie freundlich an. „Würdest du nicht lieber mit Daniel und Scooby hierbleiben?"

„Nein, ich möchte mit dir kommen!", sagte sie entschlossen und hielt sich an ihm fest.

„Na gut, dann wollen wir mal", gab Len nach. „Du könntest mir mit dem Camcorder helfen. Hättest du Lust, ein bisschen zu filmen?"

Beths Miene heiterte sich ein wenig auf. „Wirklich? Du würdest mir die Videokamera anvertrauen?"

„Man braucht eine ruhige Hand dafür", sagte Len. „Traust du dir das zu?"

Jetzt strahlte sie übers ganze Gesicht. „Ich werd's versuchen."

Daniel saß in der Klemme. Es machte bestimmt Spaß, ein Video zu drehen. Aber er würde auf keinen Fall mit dieser Verrückten irgendwohin gehen. Er wartete, bis die anderen ein Stück entfernt waren, dann sagte er: „Dad, was glaubst du? Gibt es hier wirklich einen Geist? Und ist er hinter Scooby her?"

Sein Vater legte seine Zeitschrift weg und stieß einen tiefen Seufzer aus. „Niemand ist hinter deinem Hund her", erwiderte er. „Ich habe dir doch vorhin schon gesagt, dass es hier offenbar irgendeine Art von übersinnlicher Präsenz gibt. Aber dabei handelt es sich wahrscheinlich um die Geister der Highlander, die hier gestorben sind. Eine Menge Leute haben rund um den Jahrestag der Schlacht merkwürdige Geräusche gehört. Und ob es dir gefällt oder nicht – Melissa hat tatsächlich so eine Art sechsten Sinn. Sie fühlt Dinge, die wir nicht wahrnehmen können. Deswegen nimmt die ganze Angelegenheit hier sie auch mehr mit als uns." Er warf Daniel ein trockenes Lächeln zu. „Aber im Grunde genommen jagt sie uns damit allen einen Riesenschrecken ein."

„Du bist dir also ganz sicher, dass Scooby nicht in Gefahr ist?", hakte Daniel hoffnungsvoll nach.

Sein Vater lächelte ihn beruhigend an. „Glaubst du, sonst wären wir noch hier?"

Daniel musste zugeben, dass sein Vater niemals Scoobys Leben in Gefahr bringen würde. Er warf der Kleinen einen Blick zu. Seine Hündin war wieder so frech und neugierig wie eh und je und schnüffelte munter im hohen Gras herum. „Nein, ich denke nicht." Dann grinste er. „Melissa tickt doch nicht ganz richtig, oder?"

„So würde ich das nicht ausdrücken. Sagen wir, sie hat einen gewissen Hang zur Melodramatik." Wieder lächelte sein Vater. „Hast du Lust, ein bisschen angeln zu gehen? Die Ruten sind immer noch unten am See."

„Ja, super!"

Wenig später hockten sie mit ihren straff gespannten Angelleinen am Wasser und Scooby stromerte im Schilf herum. Währenddessen versuchte Daniel, nicht an die schrecklichen Sekunden unter Wasser zu denken und an den furchtbaren Moment, als er geglaubt hatte, dass Scooby ertrunken sei. Bevor das alles geschehen war, hatte der See genauso ruhig dagelegen wie jetzt – still und friedlich, nur eine leichte Brise hatte die glatte Oberfläche gekräuselt.

Während er so neben seinem Vater saß, starrte

Daniel unverwandt aufs Wasser. Je länger er hinsah, desto deutlicher nahm er etwas Seltsames wahr. Da gab es eine Stelle, wo die Wellen eine eigenartige V-Form hatten.

Sein Magen schlug einen Purzelbaum. „Wie kommt es, dass sich da hinten das Wasser so komisch kräuselt, Dad?" Er versuchte, ganz ruhig zu klingen und sich seine Angst nicht anmerken zu lassen.

„Wo denn, Junge?"

Daniel zeigte hin. „Da, siehst du? Irgendetwas macht so eine Art Kielwelle."

Sein Vater beschattete die Augen mit der Hand. „Also, ich kann nichts entdecken. Vielleicht ist es das Sonnenlicht, das diesen Effekt hervorruft."

Doch Daniel konnte den Blick nicht abwenden. Die Wellen formten eindeutig ein V, als würde dort irgendetwas schwimmen. Je länger er hinsah, desto deutlicher erkannte er eine Gestalt, die über die Wasseroberfläche hinausragte.

Er sprang auf und schnappte sich Scooby, die er trotz ihrer matschigen Pfoten an sich schmiegte. „Sieh doch … da drüben. Da ist etwas im Wasser! Es schwimmt genau in unsere Richtung …"

„Jetzt lass mal gut sein, Daniel", sagte sein Vater in besänftigendem Ton. „Das Einzige, was ich sehen kann, ist diese alte Baumwurzel, die da draußen treibt. Wahrscheinlich stammt die Kielwelle von ihr."

Daniel war bereit loszustürmen. Sein Herz klopfte so schnell, dass ihm ganz schwindlig wurde. „Du meinst also nicht, dass es ein Kopf ist … der Kopf von einem großen Tier? Und du glaubst auch nicht, dass da draußen etwas schwimmt?"

„Nein, tu ich nicht, Junge." Sein Vater lächelte ihn aufmunternd an und blieb ganz entspannt in seinem Angelstuhl sitzen. „Es ist nur eine Wurzel und du machst dich gerade selbst verrückt. Setz dich wieder hin und sieh nach, ob du etwas gefangen hast – und lass um Himmels willen Scooby runter. Schau dir mal dein Sweatshirt an!"

Zögernd tat Daniel, was sein Vater gesagt hatte.

Die Minuten vergingen und nichts Bedrohliches tauchte aus den Tiefen des Sees vor ihnen auf. Keine Bestie sprang an Land, um Scooby zu entführen. Nur die Baumwurzel trieb weiter träge über den See.

Als sie schließlich zusammenpackten, nachdem sie nur zwei kleine silbrig schimmernde Fische gefangen hatten, die sie wieder zurückwarfen, begann Daniel, sich langsam zu entspannen. Die Situation war gar nicht so düster, wie es zuerst ausgesehen hatte. Offenbar war tatsächlich mit allen die Fantasie durchgegangen.

Ganz bestimmt gab es keinen gefährlichen Säbelzahntiger, der es auf sie abgesehen hatte.

Die Luftturbulenzen auf einem felsigen Grat nahe dem Fuß des Endrith-Berges hatten jedenfalls keine natürliche Ursache. Ein bis aufs Blut gereiztes, fauchendes und vor Wut geiferndes Wesen gewann immer mehr an Stärke.

Tarak war von einem Mann in die Enge getrieben worden.

Er war gerade in großen Sätzen den Berg hinuntergesprungen, um erneut auf Beutezug zu gehen, als er sich plötzlich diesem Zweibeiner gegenübersah.

Taraks Hass und Zorn flammten wieder auf. Ständig vereitelten diese Menschen seine Versuche, sich den Welpen zu schnappen. Genauso wie zu der Zeit, als er noch sterblich gewesen war. Auch damals hatte sich ihm ein Mensch in den Weg gestellt, als er seine Beute reißen wollte – und damit seinen Tod verursacht. Wie er diese Kreaturen verabscheute!

Jetzt reagierte Tarak instinktiv, so wie jedes wilde Tier, wenn es bedrängt wurde.

Er griff an!

Mit einem gewaltigen Brüllen hieb er mit seinen gefährlichen Krallen und seinen tödlichen Fangzähnen nach seinem Widersacher. Doch seine geisterhafte Gestalt besaß nicht genug Kraft. Seine Klauen und Zähne fuhren wirkungslos durch die Luft und durch den Mann hindurch. Die Anstrengung, sich den kleinen Hund auf diesem Boot zu greifen, hatte ihn erschöpft. Alle Spuren der Sterblichkeit waren wieder verschwunden.

Wütend und frustriert stieß er ein lautes Gebrüll aus und versuchte, den Menschen zu verletzen. Am liebsten hätte er diesen Sterblichen in Stücke gerissen. Er fauchte und biss und ließ seine mächtigen Pranken auf ihn niedersausen, aber der Mann machte keine Anstalten zu fallen.

Stattdessen stieß er einen freudigen Schrei aus, als er auf die kleine Waffe in seiner Hand blickte.

Taraks Wut flammte so heftig auf, dass für einen kurzen Moment seine Lebensenergie zurückkehrte. In einer einzigen fließenden Bewegung schlug er mit seinen riesigen rasiermesserscharfen Krallen zu.

Zu Taraks großer Befriedigung wurde dem verhassten Menschen die Waffe mit Wucht aus der Hand geschleudert. Sie holperte den Abhang hinab bis zum Fuße des Berges, wo sie zerbrach und sich die einzelnen Teile in alle Richtungen verteilten. Einen Herzschlag später umklammerte der Mann seinen Arm, aus dem plötzlich Blut hervorquoll.

Tarak sprang an ihm vorbei, jagte den Berghang hinab und durchquerte mit großen Sätzen das Tal – nur weg von diesen grässlichen Menschen.

Daniel und sein Vater waren ins Camp zurückgekehrt und nippten an ihren Bechern mit heißer Suppe, als sie sahen, wie die anderen zurückkehrten. Sie merkten sofort, dass etwas nicht stimmte.

Len hielt sich den Arm. Sein Hemd war rot gefleckt und er ging mit langsamen, unsicheren Schritten. Beth war an seiner Seite und Melissa eilte vorneweg.

„Was ist denn jetzt schon wieder?", hörte Daniel seinen Vater murmeln, während sie ihnen hastig entgegenrannten.

„Wir brauchen den Erste-Hilfe-Kasten", rief Melissa ihnen zu. „Mein Vater hat sich geschnitten", rief Beth. Sie sah aus, als wollte sie gleich anfangen zu weinen.

„Wie ist das passiert, Kumpel?", fragte Andrew. Er blieb ganz ruhig und legte Len den Arm um die Taille, um ihn zu stützen.

„Es ist nichts, nur ein Kratzer." Len wischte Andrews Besorgnis mit einer Handbewegung beiseite. Doch sein bleiches Gesicht zeigte deutlich, dass er schwerer verletzt war, als er zugab. „Ein paar Pflaster müssten völlig ausreichen."

Als Andrew sich die Wunde näher ansah, zuckte er zusammen. „Daniel, lauf zurück und setz den Kessel auf. Beth, du gehst mit ihm und hilfst Melissa, Verbandszeug zu finden. Der Erste-Hilfe-Kasten ist im Van."

„Ist es schlimm?", fragte Daniel, obwohl er die Antwort bereits kannte.

„Mach, was ich dir gesagt habe. Und beeil dich gefälligst", erwiderte Andrew kurz angebunden.

Weder Daniel noch Beth durften zusehen, wie die Wunde gesäubert wurde. Sie drückten sich vor Melissas Zelt herum, während Andrew im Innern Len notdürftig verband. Melissa schien sich derweilen mehr Sorgen um das zerbrochene Messgerät zu machen.

Nachdenklich betrachtete sie die einzelnen Teile, die sie auf dem Campingtisch ausgebreitet hatte. Dann rief sie durch die Zeltklappe: „Len, kannst du dich erinnern, welche Werte der Ionendetektor angezeigt hat, bevor du ihn hast fallen lassen?"

„Nicht genau", antwortete Len, der erschöpft klang. „In meinem Kopf geht alles ein bisschen durcheinander. Ich erinnere mich, dass der Zeiger auf der Skala nach oben schoss. Dann weiß ich nur noch, dass mir das Messgerät aus der Hand gefallen ist und dieser schreckliche Schmerz durch meinen Arm fuhr. Ich bin wohl irgendwie an einem Felsvorsprung hängen geblieben."

„Tja, muss ein ziemlich spitzer Felsvorsprung gewesen sein", bemerkte Andrew, als die beiden Männer kurz darauf aus dem Zelt kamen. „Ich sage das ja nur ungern, Kumpel, aber auch wenn ich dich ganz ordentlich wieder zusammengeflickt habe, wird die Wunde mit ein paar Stichen genäht werden müssen. Und eine Tetanusspritze dürfte auch fällig sein."

Entsetzt schlang Beth die Arme um ihren Vater. „Du gehst doch nicht ins Krankenhaus, Dad, nicht wahr?"

„Na ja, ich glaube, meine Tetanusimpfung ist noch okay", sagte Len mit einem Seitenblick zu Andrew. „Und es muss doch nicht unbedingt genäht werden, oder?"

„Da bin ich anderer Meinung."

Beth begann zu weinen.

Len drückte sie mit seinem gesunden Arm an sich. „Hey, es ist alles in Ordnung, Liebes. Ich werde so schnell zurück sein, dass du es gar nicht mitbekommst, und dann bin ich so gut wie neu. Melissa, könntest du mich vielleicht fahren? Mit einer Hand schaffe ich es nicht und es wäre besser, wenn Andrew hier bei den Kindern bleibt."

„Ich?", rief sie ungläubig. „Aber ich kann doch gar nicht fahren! Ich dachte, ihr wüsstet das."

Die beiden Väter sahen sich an. Dann sagte Andrew steif: „Nein, das wussten wir nicht."

„Ich schaff das schon", beteuerte Len. „Wenn ich die Schlinge abnehme …"

„Kommt überhaupt nicht infrage!", protestierte Andrew mit tonloser Stimme. „Mit dieser Verletzung setzt du dich auf keinen Fall ans Steuer. Außerdem hast du einiges an Blut verloren. Es fehlte gerade noch, dass du auf einer dieser Straßen ohnmächtig wirst. Ich werde fahren und wir machen uns alle zusammen auf den Weg."

„Wir können doch nicht unsere gesamte Ausrüstung unbeaufsichtigt zurücklassen", widersprach Melissa mit gerunzelter Stirn. „Und außerdem ist heute der Jahrestag der Schlacht. Das darf ich auf keinen Fall verpassen, sonst wäre unsere ganze Exkursion umsonst gewesen. Ich werde jedenfalls im Camp bleiben!"

Andrew rieb sich das Kinn. „Ganz allein? Nein, das halte ich auch für keine gute Idee, Melissa. Es ist viel zu einsam hier für eine Frau, die auf sich gestellt ist."

„Quatsch! Mir wird schon nichts passieren ... Wisst ihr was? Der kleine Hund kann ja bei mir bleiben und mich beschützen ..."

„Nein!", unterbrach Daniel sie. Er würde Scooby auf keinen Fall bei ihr lassen. „Wenn du beschäftigt bist, merkst du vielleicht nicht, wenn sie wegläuft."

„Natürlich würde ich das merken. Ich werde gut auf sie aufpassen", beteuerte Melissa und beugte sich hinunter, um den Welpen zu streicheln. „Außerdem ist es nicht erlaubt, Hunde ins Krankenhaus mitzunehmen. Und ihr könnt sie schließlich nicht stundenlang im Auto lassen."

Andrew warf seinem Sohn einen ernsten Blick zu. „Melissa hat recht, Junge. Scooby ist im Camp besser aufgehoben."

„Dann bleibe ich eben auch hier!", verkündete Daniel entschlossen.

Es kam ihm so vor, als ob ein genervter Ausdruck über Melissas Gesicht huschte, doch dann schlug sie begeistert die Hände zusammen.

„Das ist wunderbar. Danke, junger Mann.

Wenn du *und* ein Wachhund da sind, um mich zu beschützen, brauche ich mir ja überhaupt keine Sorgen zu machen."

Andrew holte seine Jacke. „Also gut, wenn du dir sicher bist, dann sollten wir jetzt besser fahren. Mit ein bisschen Glück sind wir vor Einbruch der Dunkelheit zurück. Zumindest bin ich rechtzeitig wieder da, um das alte Schlachtfeld zu überwachen."

Eine halbe Stunde später waren alle bereit zum Aufbruch.

Daniel sah zu, wie die drei in den Van stiegen. Er winkte, während der Wagen durchs Tal rumpelte und schließlich den steilen Hügel erklomm, der zur Straße führte.

Mit einem letzten Winken von Beth verschwand der Transporter außer Sicht.

Seufzend wandte Daniel sich ab und erwartete, Scooby an seiner Seite zu sehen. Doch die kleine Hündin war nicht einmal in seiner Nähe.

Stattdessen kuschelte sie sich in Melissas Arme. Die streichelte die Kleine und flüsterte ihr etwas ins Ohr. Aber sie sprach so leise, dass Daniel sie nicht verstehen konnte.

Sofort ging er auf sie zu, um seinen Hund zurückzuholen. „Scooby braucht ihr Fressen."

Für einen Moment zögerte Melissa, die Hündin loszulassen. Dann reichte sie sie ihm lächelnd. Aber es war ein kaltes Lächeln, das ihre Augen nicht erreichte.

09

„**Und, wie wollen** wir uns nun die Zeit vertreiben, bis die anderen zurückkommen?", fragte Melissa beiläufig, während sie die Brotscheiben für ein Sandwich mit Butter bestrich.

„Keine Ahnung", murmelte Daniel, der sich mit Melissa als einziger Gesellschaft nervös und unbehaglich fühlte. Fast wünschte er, er wäre mit den anderen gefahren, auch wenn er Scooby niemals zurückgelassen hätte. Er warf einen Blick auf seine Uhr. Sie waren erst eine Viertelstunde weg. Es würde ein langer Abend werden. „Was glaubst du, wie lange sie unterwegs sein werden?"

„Mindestens fünf oder sechs Stunden", antwortete Melissa, während sie eine Büchse Thunfisch öffnete. „Jetzt ist es fünf Uhr. Ich könnte mir vorstellen, dass sie gegen Mitternacht wieder da sind."

Das kam ihm vor wie eine Ewigkeit. „Ich glaube, ich lese ein bisschen in meinem Buch", sagte Daniel.

„Hättest du nicht eher Lust, für mich ein paar Videoaufnahmen zu machen? Du könntest da einsteigen, wo Beth aufgehört hat. Sie hat sich sehr geschickt angestellt – das kannst du bestimmt auch."

Daniel zögerte, obwohl er wirklich Lust hatte, den Camcorder zu benutzen. „Ich gehe mit Scooby nicht wieder in die Nähe dieser Höhle."

„Nein, nein, wir werden uns davon fernhalten", versicherte ihm Melissa. „Ich wollte nur an den Orten filmen, die mit der Schlacht von Endrith zu tun haben. Mit den Aufnahmen möchte ich eine Dokumentation für das jährliche Treffen unserer Gesellschaft zusammenstellen. Wenn du deine Sache gut machst, würdest du im Abspann als Kameraassistent erwähnt werden."

Das klang gar nicht so schlecht und es wäre eine gute Möglichkeit, die Zeit totzuschlagen. Daniel biss von seinem Sandwich ab und zuckte mit den Schultern. „Okay!"

„Sehr gut!" Melissa strahlte ihn an, legte ihr

Brot weg und suchte ihre Ausrüstung zusammen.

„Vergiss nicht die Hundeleine."

„Scooby braucht keine. Sie ist immer in meiner Nähe."

„Es würde mich aber beruhigen", sagte Melissa und schaute Daniel ernst an. „Das Letzte, was wir im Moment brauchen können, ist, dass uns auch noch dein Hund abhanden kommt. – Nach allem, was heute schon passiert ist."

Da hatte sie recht. Wenn er sich ganz aufs Filmen konzentrierte, konnte es passieren, dass er nicht genügend auf Scooby achtete.

Nachdem sie mit essen fertig waren, machten sie sich auf den Weg zum schmalsten Teil des Tals – einem üppigen, grasbewachsenen Streifen zwischen dem Ufer des Sees und dem Wald.

„Hier hat die Schlacht vermutlich stattgefunden", sagte Melissa, nachdem sie Daniel erklärt hatte, wie der Camcorder funktionierte. Er übte an Scooby und probierte mit dem Zoom herum, während sie am Waldrand herumschnüffelte.

„Lauf nicht zu weit weg, Kleine!", rief Daniel, während er eifrig dabei war, den Kamerawinkel einzustellen.

„Wie wär's, wenn du sie jetzt an die Leine nimmst?", schlug Melissa vor. „Am besten bindest du sie irgendwo fest. Da es eine Flexileine ist, kann Scooby sich ein bisschen umsehen, aber nicht weiter weglaufen."

„Ja, okay", sagte Daniel, befestigte die Leine an Scoobys Halsband und knotete die Schlaufe um einen niedrigen Ast. „Sei brav, Kleine. Es wird nicht lange dauern."

Scooby saß da und wedelte verunsichert mit dem Schwanz. Dann begann sie, aufgeregt zu kläffen.

Daniel kraulte sie hinter den Ohren. „Ich gehe nicht weit weg. Keine Angst!"

„Also dann, Daniel, ich würde gerne dieses Gebiet hier filmen", sagte Melissa. „Natürlich sollten der See und der Waldrand auch mit drauf sein. Mach was draus, benutz den Zoom und die Weitwinkelfunktion." Sie lächelte. „Du bist der Kameramann. Lass dir was einfallen!"

Scooby bellte weiter. Daniel drehte sich um und beobachtete sie durch den Sucher der Kamera.

„Ihr passiert schon nichts", versicherte ihm Melissa, während sie die Tasche mit ihrer Ausrüstung durchwühlte. „Konzentrier dich einfach nur aufs Filmen."

Vor seinem inneren Auge sah er schon seinen Namen als Kameramann im Abspann von Melissas Dokumentarfilm. Er versuchte, besonders malerische und interessante Bildausschnitte zu finden, ohne sich dabei von Scoobys unaufhörlichem Kläffen ablenken zu lassen.

Das klägliche Gebell des Welpen hallte durch das Tal. Taraks schemenhafte Gestalt schlich durch das Sumpfland am Ufer des Sees, die Ohren auf das durchdringende Geräusch gerichtet. Tarak wurde schneller. Mit weit ausgreifenden Schritten bewegte er sich auf seinen großen Pfoten durch das seichte Wasser. Wenn jemand in der Nähe gewesen wäre, hätte er die kleinen Wellen, die die Wasseroberfläche kräuselten, wohl der starken Brise über dem See zugeschrieben.

Das Gekläff des Welpen hielt an …

Nachdem Tarak die Witterung aufgenommen hatte, steigerte er seine Geschwindigkeit noch einmal. Und dann erblickte er mit seinen gelben Katzenaugen das kleine Wesen. Es war an einen

Baum gebunden und somit gefangen. Es zappelte wie wild, um sich zu befreien, und jaulte dabei in den höchsten Tönen.

Jedes Raubtier konnte sich dieses Junge schnappen. Es war viel zu leicht. Typisch für diese Menschen ...

Taraks Hass auf sie wuchs. Ein wütender Schimmer funkelte in seinen Augen und das flache Wasser des Sees geriet in Wallung, als würde ein Sturm aufziehen.

Tarak jagte dahin, seine Abscheu für die Menschen überwog beinahe sein Bedürfnis, Fleisch zu fressen. Beinahe, aber nicht ganz ...

Jeder Beobachter der Szene hätte gewusst, dass es nicht der Wind sein konnte, der das Wasser derartig aufwühlte. Dieser Aufruhr hatte überhaupt keinen natürlichen Ursprung, sondern wurde verursacht von einem Geschöpf, das sich mit tödlicher Entschlossenheit bewegte. Mit jeder Sekunde gewann es an Kraft, Schwung und Sichtbarkeit.

Taraks durchscheinender, wie Glas schimmernder Körper verschmolz mit dem grauen Wasser des Sees hinter ihm. Doch bei genauem Hinsehen waren der lange, auffallend geschwungene Rücken und der tief hängende Bauch sichtbar. Genauso erkannte man die stämmigen Beine und Pfoten und den riesigen, grotesk wirkenden Kopf mit den langen Reißzähnen, denen sich besser nichts in den Weg stellte.

Der Welpe war immer noch angebunden. Er kämpfte, um sich loszureißen, und rief verzweifelt nach seinem Herrchen. Tarak bewegte sich rasch und lautlos.

Als der kleine Hund zufällig in seine Richtung schaute und ihn entdeckte, zerrte er ein paar Sekunden panisch an seiner Leine. Er verrenkte sich beinahe den Hals und bog dabei den Ast nach unten, an dem er festgebunden war.

Tarak, der sich der Anwesenheit von Menschen in der Nähe wohl bewusst war, kauerte sich mit wachsamem Blick und geschärften Sinnen dicht auf den Boden. Er durfte diese Wesen nicht unterschätzen. Sie hatten ihm vor langer Zeit das Leben genommen. Möglicherweise besaßen sie die Macht, ihm auch noch seinen Geist zu nehmen. Er musste sehr vorsichtig sein.

Tarak schlich vorwärts, bis der Geruch der

Angst des Jungtiers ihm in die Nüstern stieg. Das kleine Wesen hörte auf zu jaulen und presste sich flach auf den Bauch. Und als Tarak sprang, rollte es sich in einer Unterwerfungsgeste auf den Rücken und bot seinen verletzlichen Bauch den tödlichen Fangzähnen dar.

Zwischen den Bäumen war es schattig. Die Sonne, die langsam zu sinken begann, schickte ihre funkelnden Strahlen durch die blätterbedeckten Äste, sodass der ganze Wald in Streifen aus Licht und Schatten getaucht war.

Daniel war völlig aufs Filmen konzentriert und hoffte, dass es ihm gelingen würde, die besondere Atmosphäre einzufangen. Vielleicht war es gar keine schlechte Idee, Kameramann zu werden, wenn er älter war. Er drehte sich um und ging den Weg, den er gekommen war, zurück ins offene Tal. Dort machte er einen Schwenk über den See mit dem beeindruckenden Berg als Hintergrund und hoffte, es würde genauso dramatisch wirken, wie er es beabsichtigte.

Während er sich mit der Kamera langsam drehte, erschien Melissa in seinem Sucher. Als er sie heranzoomte, stellte er überrascht fest, dass sie ebenfalls filmte oder zumindest an ihrem Camcorder herumfummelte. Sie war halb hinter einem Baum verborgen. Er beobachtete sie weiter durch den Sucher. Melissa schien Probleme mit ihrer Ausrüstung zu haben.

Während Daniel sich noch fragte, was sie wohl aufnehmen wollte, senkte er die Kamera ein wenig, damit er wieder das ganze Gebiet im Blick hatte. Im gleichen Moment merkte er, dass Scooby nicht mehr bellte. Dann sah er warum – und sein Herz setzte einen Schlag aus. Seine Hündin lag wieder flach auf dem Rücken und die Leine schien zum Zerreißen gespannt.

Allerdings konnte Daniel es nicht richtig erkennen, denn Scooby war von einem seltsamen Nebel umgeben. Daniel rieb sich die Augen, aber der Nebel verschwand nicht. Flirrend und hin und her wabernd, wirkte er eher wie ein Hitzeschleier. Und diese Erscheinung befand sich nur an einer Stelle. Doch Daniels Sinne spielten ihm keinen Streich – alles andere konnte er klar und deutlich sehen. Der geheimnisvolle Schleier umhüllte nur seine Hündin.

Daniel stolperte ein paar Schritte vorwärts. Er wollte seinem Verstand nicht trauen. Vor ihm war diese riesige Lichterscheinung, die sich bewegte. Ihre Umrisse hatten keine genau umrissene Form, bis sich plötzlich – im Bruchteil einer Sekunde – der merkwürdige Nebel verschob! Zu seinem Entsetzen sah Daniel deutlich die Furcht einflößende Silhouette eines Tieres ...

Es war riesig. Ein Geschöpf aus einer anderen Zeit – nicht von dieser Welt, nicht aus diesem Leben.

Die Bestie!

Mit einem lauten Aufschrei begann Daniel zu rennen. Ohne an seine eigene Sicherheit zu denken, raste er auf den Schemen zu, der über seinem Hund aufragte. Dabei brüllte er aus Leibeskräften, um ihn zu verjagen. Stolpernd, blind vor Schock und krank vor Angst rannte Daniel so schnell ihn seine Füße trugen. Verzweifelt versuchte er, seinen Hund zu erreichen.

Plötzlich packte das Ungetüm Scooby im Genick und hob sie hoch. Zweige und Blätter flogen durch die Gegend, als es mit einem kräftigen Ruck die Leine losriss.

„Nein! Lass sie in Ruhe!", kreischte Daniel voller Panik, als er sah, wie sein kleiner Welpe in der Luft baumelte, gefangen zwischen den Kiefern dieses monströsen Etwas, hilflos ... so herzzerreißend hilflos.

Plötzlich wurde Scooby herumgewirbelt. Daniel sah den Ausdruck des Entsetzens auf dem kleinen Gesicht seiner Hündin – und darüber die ovalen Katzenaugen, die vor Entschlossenheit funkelten. Im nächsten Moment sprang die Bestie mit einem riesigen Satz davon.

„Nein!", schrie Daniel und stürzte sich auf den Lichtblitz, der an ihm vorbeischoss und ihn in einen Hitzeschwall hüllte. „Nein! Lass sie los!"

Ein kleines Stück entfernt blieb das Monstrum stehen. Als wollte es mit dem Welpen spielen, schwang es seinen gigantischen Kopf hin und her, sodass Scooby mitleiderregend durchgeschüttelt wurde.

Mit einem heftigen Schluchzen stürmte Daniel auf sie zu. Aber die Bestie wandte sich ab und raste scheinbar mühelos mit unglaublicher Geschwindigkeit davon, während sie ihre Beute immer weiter wegschleppte. Selbst ihr Gang strahlte

Stolz aus, als sie durch das Tal preschte, Scooby wie eine Trophäe im Maul.

Mit tränennassem Gesicht stürmte Daniel hinter ihnen her, aber die Bestie legte noch einmal an Tempo zu. Es war unmöglich, sie einzuholen. Egal, wie schnell er auch rannte. Egal, ob seine Lungen kurz vorm Platzen waren und seine Beine darum bettelten, dass er stehen blieb. Er konnte es unmöglich schaffen, das Ungetüm und seinen Hund zu erreichen.

Er konnte nur voller Entsetzen zusehen, wie Scooby in der Luft hing, während sie immer weiter davongetragen wurde und in den Weiten des Tals verschwand. Schließlich war die schimmernde Lichtgestalt nicht mehr zu erkennen und Scooby nur noch ein winziger Fleck in weiter Ferne.

Und dann war sie verschwunden.

10

„**Daniel! Daniel, ist** alles in Ordnung mit dir?" Melissa beugte sich über ihn, als er erschöpft und blind vor Tränen im lilafarbenen Heidekraut lag.

Er schlug mit unkontrollierten Bewegungen auf sie ein. „Das war ein mieser Trick von dir! Du hast Scooby als Köder benutzt und es hat funktioniert. Die Bestie hat sie geholt. Ich hasse dich! Ich hasse dich! Ich hasse dich!"

Melissa wich seinen ungezielten Schlägen aus. Ihr Gesicht war gerötet, weil sie ihm durch das halbe Tal hinterhergerannt war. „Ich wollte nicht, dass Scooby wegläuft, glaub mir. Sie wird bestimmt zurückkommen. Wir finden sie."

Durch den Tränenschleier hindurch starrte er sie an, als wäre sie nicht ganz dicht. „Sie ist nicht *weggelaufen*! Dieses Biest hat sie geschnappt und verschleppt, das musst du doch mitbekommen haben. Du warst auch dort!"

Ein erstaunter Ausdruck huschte über ihr Gesicht. „Die Bestie? Sie war hier? Du hast sie gesehen?"

„Bist du blind?", fuhr Daniel sie an. „Willst du mir erzählen, dass du sie nicht bemerkt hast? Dieses riesige, hässliche Ding, das wie Glas geschimmert hat."

Verdattert fuhr Melissa sich mit den Fingern durchs Haar. „Das glaub ich nicht! Wenn mein Camcorder nicht schlappgemacht hätte, hätte ich das alles aufnehmen können. Ich habe gehört, wie du gerufen hast, aber da saß ich gerade auf einem Baumstumpf und versuchte, neue Batterien in das Ding einzusetzen." Sie schüttelte den Kopf. „Ich fasse es nicht – jetzt habe ich das Ganze verpasst!" Sie packte Daniels Arme. „Du hast sie also gesehen? Du hast die Bestie wirklich gesehen? Wie war sie? Ist sie wirklich so riesig–"

„Hau ab!", schrie er. „Du bist so mies! Du wusstest genau, dass dieses Monster kommen würde, wenn du es anlockst. Und du hast meinen Hund als Köder benutzt." Seine Stimme brach. „Arme Scooby. Ich muss sie finden. Vielleicht ist es noch nicht zu spät."

Daniel rappelte sich auf und rannte in die Richtung, in die Scooby davongetragen worden war – sie musste irgendwo auf dem Berg sein … oder vielleicht in der Höhle.

„Daniel, komm gefälligst zurück! Du wirst dich noch verlaufen!" Melissa stürmte hinter ihm her, doch obwohl er erschöpft war, gelang es ihr nicht, ihn einzuholen.

Die Sonne sank immer tiefer und verschwand schließlich im See. Dabei verwandelte sie das graue Wasser in eine Pracht aus Gold und Bernstein. Vor Daniel ragte der mächtige Berg empor. Erst jetzt fielen ihm die vielen schattigen Grate und Spalten auf. Sein Hund konnte in jede von ihnen verschleppt worden sein.

Scooby war vielleicht schon tot.

Daniel hatte genug Sendungen über wilde Tiere im Fernsehen gesehen, in denen Löwen und Tiger ihre Beute angegriffen, zerrissen und verschlungen hatten. Bei dem Gedanken schnürte sich seine Kehle zu und ihm stiegen wieder die Tränen in die Augen. Rasch wischte er sie weg. Er musste klare Sicht haben. Seine kleine Hündin war hier irgendwo.

Daniel legte die Hände wie einen Trichter um seinen Mund und rief so laut er konnte: „Scooby! Scooby, wo bist du?"

Er lauschte. Reglos verharrend, hörte er das schwache Echo seiner Stimme durch das Tal hallen. Und dann Stille. Völlige, absolute Stille.

Kein vertrautes aufgeregtes Kläffen. Nichts.

Stolpernd lief er weiter, kletterte über Baumstümpfe und Felsbrocken, um zu der Höhle zu kommen, die offenbar der Unterschlupf des Säbelzahngeistes war. Er hatte Melissa für verrückt gehalten, als sie das letzte Mal hier gewesen waren. Aber wahrscheinlich hatte sich die Bestie tatsächlich in den Schatten verborgen. Als Daniel daran dachte, wie verängstigt Scooby gewesen war, lief es ihm kalt über den Rücken. Hatte sein Hund die Anwesenheit der Bestie gespürt?

Hunde sind manchmal sehr empfänglich für das Übersinnliche, hatte Melissa gesagt.

Hatte Scooby deshalb so verzweifelt versucht zu fliehen und Beth dabei gekratzt?

Es sei denn, der Kratzer stammte gar nicht von Scooby ...

Als Daniel die klaffende schwarze Höhle in der

Flanke des Berges erreichte, blieb er fröstelnd stehen. „Scooby … Scooby, komm her, Kleine …" Seine Stimme klang unsicher. Was, wenn das Ungetüm dort drinnen war und ihn mit seinen scharfen Katzenaugen beobachtete? Wenn es sich in diesem Moment anschlich, um seine messerscharfen Säbelzähne zu benutzen?

Was, wenn von Scooby nur noch ein Haufen Knochen auf dem Höhlenboden übrig war … Wenn die Bestie *ihn* als nächstes Opfer ausgemacht hatte? Nach ihrem tausendjährigen Schlaf musste sie völlig ausgehungert sein – wahrscheinlich reichte so ein kleiner Welpe nicht aus, um ihren Hunger zu stillen.

Daniels Fuß stieß gegen ein Hindernis. Aus Angst, es könnte Scoobys lebloser Körper sein, traute er sich zuerst nicht hinunterzublicken. Doch dann sah er zu seiner grenzenlosen Erleichterung, dass es nur der Stock von neulich war. Es war keine besonders gute Waffe, aber Daniel packte ihn dennoch und wagte sich langsam und vorsichtig ins Innere der Höhle vor.

Seine Füße schlurften über den staubigen Boden, während er versuchte, sich an die Dunkelheit zu gewöhnen. Er zitterte am ganzen Körper, aber das lag nicht an der Kälte. Die Felsen schienen sogar etwas von der Wärme der Sonne, die den ganzen Tag geschienen hatte, gespeichert zu haben. Der eisige Hauch, den er seit Kurzem mit der Anwesenheit eines Geistwesens in Verbindung brachte, fehlte völlig.

Aber Scooby war auch hier nicht.

Daniel beeilte sich, wieder ins Freie zu kommen, nur um festzustellen, dass Melissa genau auf ihn zusteuerte. Für einen Moment verschwand sie hinter einem Felsen. Sie würde versuchen, ihn ins Lager zurückzulotsen, und er musste unbedingt nach Scooby suchen. Obwohl er in seinem tiefsten Inneren fürchtete, dass es bereits zu spät war.

Tarak bewegte sich vorsichtig und geschmeidig vorwärts. Nachdem er seine Beute gefangen hatte, pulsierte das Adrenalin in seinem Körper. Obwohl die Menschen es ihm so einfach gemacht hatten, war die Jagd für ihn nach wie vor unglaublich aufregend. Und jetzt baumelte der Fang in seinem Maul – ein wehrlos zappelnder Welpe.

Während Tarak von Felsen zu Felsen und immer höher sprang, spürte er die Wärme des atmenden kleinen Körpers. Das weiche Fell. Es erinnerte ihn an etwas. An etwas, das so lange zurücklag und so tief in den hintersten Winkeln seiner Erinnerung verborgen war, dass er es fast völlig vergessen hatte – aber nicht ganz.

Tarak dachte daran, wie seine Mutter ihn am Nackenfell durch die Gegend getragen hatte. Dachte an die spielerischen Kämpfe, die er mit seinen Geschwistern ausgefochten hatte, und wie schön es gewesen war, Gesellschaft zu haben. Etwas, das Tarak so selten erfahren hatte – im Leben wie im Tod.

Die kleine Hündin, die in seinem riesigen Maul hing, wog fast nichts. Und als Tarak in seine Gedanken versunken die Bergflanke erklomm, streifte Scooby einen scharfkantigen Felsen und jaulte vor Schmerz auf.

Daniel suchte stundenlang – bis die Sonne untergegangen war und die ersten Sterne am Himmel standen. Die schottischen Highlands bestanden aus Ehrfurcht einflößenden Bergen, weitläufigen

Tälern und dichten Wäldern. Er wusste, dass er sich völlig verlaufen hatte und alleine niemals den Weg ins Camp zurückfinden würde. Von Zeit zu Zeit versuchte er, ein Signal auf seinem Handy zu bekommen. Aber die hohen Felsen verhinderten jede Verbindung zur Außenwelt und tiefes Schweigen legte sich wie ein erstickendes Kissen um seinen Kopf.

Nur wenn Daniel von Zeit zu Zeit Scoobys Namen rief, wurde die vollkommene Stille durchbrochen. Inzwischen war seine Stimme heiser vom Rufen. Und seine Ohren schmerzten, weil er so angestrengt auf das vertraute Kläffen seines Hundes lauschte.

Melissa hatte er schon vor einer ganzen Weile abgehängt. Wahrscheinlich war sie vor einer Ewigkeit ins Camp zurückgekehrt. Beiläufig fragte sich Daniel, ob die anderen wohl schon wieder da waren. Sein Vater würde sich furchtbar aufregen, aber das konnte er auch nicht ändern. Selbst wenn er gewollt hätte, hätte er den Rückweg nicht gewusst.

Aber er wollte gar nicht zurück ins Lager. Er konnte Scooby doch nicht hier draußen mit dieser Bestie alleine lassen. Andererseits, wie hoch waren die Chancen, dass seine Hündin noch am Leben war?

Daniel war zu erschöpft, zu durchgefroren und zu durstig, um zu weinen. Er lief einfach immer weiter, stolperte durch die Dunkelheit und rutschte dabei so oft aus, dass seine Jeans nur noch in Fetzen hing. Er hatte keine Ahnung, wie spät es war. Vielleicht zwei, drei Uhr morgens. Es war zu dunkel, um das Zifferblatt seiner Armbanduhr zu erkennen.

Plötzlich hörte er etwas. Eine Stimme – jemand, der seinen Namen rief. Es klang leise und weit entfernt, aber es war eindeutig. Es klang wie sein Vater.

„Dad!", schrie Daniel mit überschnappender Stimme. „Hier bin ich!"

„Daniel!", kam umgehend die Antwort, lauter diesmal und freudig erregt. „Bleib, wo du bist. Ruf weiter. Ich finde dich."

Er befolgte die Anweisungen seines Vaters, voller Hoffnung, dass sie Scooby gemeinsam finden würden. Wieder und wieder machte er sich bemerkbar, bis er schließlich den Strahl einer Taschenlampe sah. Und dann tauchte sein Vater auch schon aus der Dunkelheit auf und stürmte auf ihn zu.

Im nächsten Moment fand er sich in einer dicken Umarmung wieder. „Daniel, bitte tu so etwas nie wieder. Wir sind alle fast verrückt geworden vor Sorge."

„Tut mir leid, aber ich konnte Scooby doch nicht so einfach der Bestie überlassen, oder?"

„Was redest du denn da?", fragte Andrew und hielt Daniel auf Armeslänge von sich weg. Dann umarmte er ihn erneut. „Ist ja auch nicht so wichtig. Wir müssen dich erst mal zurück ins Lager bringen, bevor die Unterkühlung einsetzt."

„Das Biest hat sich Scooby geholt. Es hat sie im Maul weggeschleppt, wie eine Katze, die ihr Junges trägt", erklärte Daniel. Dann bemerkte er die ungläubige Miene seines Vaters. „Melissa hat euch doch erzählt, was passiert ist, oder?"

„Ja, sie sagte, Scooby sei weggerannt und du wärst ihr gefolgt, um sie zu suchen."

„Nein!" Daniel schnappte empört nach Luft und machte sich los. „Das stimmt doch gar nicht!

Sie hat mich reingelegt und mich dazu überredet, Scooby anzubinden. Und dann ist dieses Riesenvieh gekommen und hat sie sich geschnappt."

„Daniel, du bist erschöpft. Du bist eine Ewigkeit durch die Gegend geirrt. Komm, wir gehen jetzt zu den anderen zurück. Wir werden morgen früh nach Scooby suchen. Wahrscheinlich schläft sie zusammengerollt unter irgendeinem Gebüsch, du wirst sehen. Sie kann nicht besonders weit gekommen sein. Vielleicht ist sie sogar schon wieder im Zelt. Hast du daran gedacht, dort nachzusehen, bevor du losgestürmt bist?"

„Melissa hat dich angelogen!", rief Daniel verzweifelt. „Du musst mir glauben, die Bestie war hier. Ich hab sie gesehen! Sie hat sich Scooby geholt!"

„Aber wenn das so wäre, müsste Melissa doch ganz aus dem Häuschen sein."

„Nein, denn *sie* hat das alles ja nicht gesehen, sondern ich. Und außerdem hat sie ein schlechtes Gewissen, weil sie Scooby als Köder benutzt hat. Sie weiß, dass du furchtbar wütend auf sie sein wirst."

Andrew legte einen Arm um Daniels Schulter.

„Komm, wir sprechen morgen in Ruhe über die ganze Sache, wenn du dich ein bisschen ausgeruht hast."

Als sie schließlich das Camp erreichten, hatte Daniel seine Geschichte bestimmt hundertmal wiederholt. Aber sein Vater schien immer noch nicht überzeugt zu sein.

Len und Beth warteten auf sie. Len, der den Arm in einer Schlinge trug, legte Daniel eine Decke um, während ihn eine Beth mit rotgeweinten Augen wortlos umarmte.

„Ist Scooby hier?", fragte Daniel hoffnungsvoll, obwohl er wusste, dass das unmöglich war. Traurig schüttelte Beth den Kopf.

„Morgen werden wir gleich nach dem Frühstück eine groß angelegte Suche starten. Und wenn nötig, schalten wir auch die Bergwacht ein", versprach Andrew und kochte für alle Kakao.

„Wo ist Melissa?", fragte Daniel.

„Sie ist unten auf dem Schlachtfeld", antwortete Len. „Heute ist der Jahrestag – und damit der Hauptgrund, warum sie hier ist. Eins muss man ihr lassen, sie hat gesagt, sie würde nebenbei nach dir und Scooby Ausschau halten."

„Sie geht mir aus dem Weg. Deswegen ist sie nicht im Camp!", rief Daniel wütend.

„Warum sollte sie dir aus dem Weg gehen?", fragte Len verwirrt.

„Weil sie mich mit einem Trick dazu gebracht hat, Scooby anzubinden und so dieses Monstrum anzulocken", erklärte Daniel. „Und es hat funktioniert. Die Bestie ist tatsächlich aufgetaucht und sie hat die arme Scooby weggeschleppt."

Beth schnappte nach Luft, während Len sich instinktiv seinen Arm hielt, als hätte ihn plötzlich etwas an seinen Unfall erinnert. Mit leiser Stimme sagte er: „Das hat sie uns aber ganz anders erzählt!"

Andrew reichte allen Becher mit heißer Schokolade. „Wir werden uns morgen früh eingehender mit der Sache beschäftigen. Jetzt braucht ihr erst mal ein bisschen Schlaf, Kinder. Trinkt euren Kakao und dann ab ins Bett."

Beth nahm Daniels Hand. „Du kannst ihn auch bei mir trinken, wenn du möchtest."

Daniel nickte bedrückt und folgte Beth in ihr Zelt. Dort hüllten sich die beiden in ihre Decken, während die Erwachsenen sich draußen unterhielten.

„Keiner glaubt mir", murmelte Daniel. „Du wahrscheinlich auch nicht."

Sie rückte ein bisschen näher zu ihm. „Erzähl mir doch noch mal genau, was passiert ist."

Mit schwankender Stimme berichtete Daniel, wie Melissa ihn dazu gebracht hatte, Scooby anzubinden, und ihn mit der Filmerei auf Trab gehalten hatte. Und wie er dann die durchscheinende, schimmernde Gestalt der Bestie entdeckt hatte, die Scooby in ihrem Maul davontrug. Er erwartete fast, dass Beth lachen würde.

Stattdessen saß sie mit großen Augen und schreckensstarr da. „Hat Melissa das auch gesehen?"

Daniel schüttelte den Kopf. „Sie hat an ihrer Videokamera rumgefummelt und alles verpasst. Aber sie hat mir trotzdem geglaubt."

„Und warum ist sie jetzt nicht hier und hilft dir, unsere Väter zu überzeugen?"

„Weil sie genau weiß, dass sie sauer auf sie sein werden, wenn rauskommt, was sie mit Scooby gemacht hat."

„Oh! Diese Frau ist so widerlich!", rief Beth wütend, doch plötzlich begann ihre Unterlippe zu zittern. „Arme Scooby. Arme, arme Scooby. Meinst du, die Bestie hat ihr ... hat ihr etwas getan?"

Daniel zuckte nur die Achseln, während die Tränen in ihm hochstiegen. Er konnte jetzt unmöglich etwas sagen.

Beth umarmte ihn tröstend. „Ach, Daniel, was sollen wir denn jetzt bloß machen?"

Er fuhr sich ruppig mit den Händen über die Augen. „Ich werde jedenfalls nicht einfach hier rumsitzen und Däumchen drehen, so viel ist klar."

Beth starrte ihn an. „Wie meinst du das?"

Bevor er antworten konnte, steckte Len den Kopf durch die Zeltklappe. „Hey, ihr beiden, wenn bei euch alles okay ist, gehen Andrew und ich mal runter zum Schlachtfeld und reden mit Melissa. Geht das in Ordnung?"

„Ja, klar. Ich will sowieso gleich ins Bett", erwiderte Daniel und tat so, als müsste er gähnen.

„Bestens. Und mach dir keine Sorgen, Kumpel. Wir finden Scooby morgen, ganz bestimmt."

Jetzt tauchte auch Andrew auf. „Geht's dir schon etwas besser, Junge?"

Daniel nickte. „Ich möchte eigentlich nur noch ins Bett."

„Ja, sieh zu, dass du dich richtig ausschläfst. Ich werde versuchen, dich nicht aufzuwecken, wenn ich zurückkomme."

Daniel nickte und nippte an seinem Kakao, während die beiden Väter ihre Geisterjägerausrüstung zusammensuchten. Kaum waren sie verschwunden, kniete er sich hin und spähte aus dem Zelt.

„Sie sind weg. Aber wenn sie denken, dass ich bis zum Morgen warte, um nach Scooby zu suchen, haben sie sich geschnitten."

„Du willst also wieder los?", murmelte Beth beunruhigt.

„Ich gehe nicht weit weg, das verspreche ich dir. Ich bin nicht scharf drauf, mich wieder zu verlaufen", sagte Daniel und drehte sich zu Beth um. „Wenn man genau darüber nachdenkt, hält sich die Bestie meistens in diesem Tal auf. Könnte doch sein, dass sie immer hier in der Nähe bleibt."

„Die Höhle!", rief Beth aufgeregt. „Vielleicht hat sie Scooby in die Höhle geschleppt."

„Dort habe ich schon nachgesehen, aber ich werde noch mal hingehen."

Beth warf ihre Decke ab. „Aber diesmal ziehst du nicht alleine los. Ich komme mit!"

„Dein Vater wird ausrasten."

Sie zog sich eine Jacke an und stopfte ihre Kissen in den Schlafsack. „Wenn er einen Blick ins Zelt wirft, wird er denken, dass ich schlafe. Und du machst jetzt das Gleiche, Daniel ... Beeil dich! Scooby braucht uns!"

Er bewunderte Beths Entschlossenheit. Auch Daniel kehrte in sein Zelt zurück, um sich warme Sachen und eine Taschenlampe zu holen und um seinen Schlafsack zu präparieren. Doch plötzlich überfiel ihn das furchtbare Gefühl, dass es für Scooby vielleicht schon zu spät war.

Tarak genoss das Gefühl, ein lebendiges Geschöpf in seiner Nähe zu haben. Es war Jahrtausende her, dass ein warmes, atmendes Tier neben ihm gelegen hatte.

Neugierig drehte Tarak seinen großen Kopf zu

dem Jungtier, atmete seinen Geruch ein und stupste mit der Schnauze sanft seinen weichen, pelzigen Körper an. Das kleine Wesen zitterte vor Angst – es erinnerte Tarak daran, wie er sich als Junges gefühlt hatte. Er hatte ungefähr das gleiche Alter gehabt, als seine ganze Familie ausgelöscht wurde und er mutterseelenallein zurückblieb.

Tarak hatte echte Angst kennengelernt, als er zusehen musste, wie seine Familie zu Tode getrampelt wurde. Er hatte jämmerlich gezittert, so wie dieser kleine Hund jetzt.

Die Bestie stand über den Welpen gebeugt und spürte, wie das winzige Herz vor Panik raste. Tarak verstand seine Furcht, konnte seine Einsamkeit nachfühlen. Wieder senkte er den Kopf, stupste den kleinen Hund an und bugsierte ihn zwischen seine massigen Vorderbeine, um ihn vor dem kalten Wind zu schützen. Das Bedürfnis, seine Beute zu zerreißen und zu verschlingen war dahingeschmolzen.

Dieses Wesen war kein Fressen. Wozu brauchte er überhaupt noch etwas zu fressen? Dieses Hündchen bedeutete Gesellschaft. Einen Freund, der bis in alle Ewigkeit mit ihm in diesem Tal bleiben würde.

Doch das war unmöglich, solange sie beide noch in zwei verschiedenen Formen existierten: Tarak als Geistererscheinung, der mit rasender Geschwindigkeit alle Spuren der Sterblichkeit wieder verlor. Und dieser Welpe, der nur allzu lebendig war.

Sie befanden sich in völlig unterschiedlichen Welten.

Es gab nur einen Weg, damit ihre Verbindung die Zeiten überdauern konnte. Und das bedeutete, dem Herzen des Jungtiers einen tödlichen Hieb zu versetzen, damit es aufhörte zu schlagen. Um ihn in seine Geisterwelt zu bringen, musste Tarak seine Verbindung zur Welt der Sterblichen durchtrennen.

Das schillernde Geschöpf blickte auf den kleinen Hund hinab. Blanke Panik sprach aus den braunen Augen, als er kläglich zu dem riesigen Raubtier aufsah.

Tarak würde schnell sein, der Schmerz nur kurz. Er wollte nicht, dass der Welpe litt. Ein kurzer Stich ins Herz mit seinen spitzen Fangzähnen und alles wäre vorbei. Der Geist des Welpen wäre befreit und Tarak wäre nie wieder allein.

Mit weit geöffnetem Maul beugte Tarak sich herab.

Scooby jaulte vor Furcht auf. Doch wieder einmal hatte Tarak seine sterbliche Hülle verloren. Sein Körper war verblasst und kaum noch sichtbar. Die Gegenwart des Welpen hatte ihn beruhigt. Nachdem keine Menschen mehr in der Nähe waren, die ihn zur Weißglut trieben, war auch die Wut verschwunden, die ihm die Energie geliefert hatte, in die Welt der Lebenden zurückzukehren. Tiefer Frieden hatte sich stattdessen über ihn gesenkt.

Er würde den richtigen Augenblick abwarten und sich ein Weilchen ausruhen, bis er so weit war, um für kurze Zeit in seinen sterblichen Körper zurückzukehren.

Sobald er wieder im Vollbesitz seiner Kraft war, würde er seine Tat ausführen. Und dann würde der Geist des Welpen ihm gehören.

Tarak ließ sich auf dem flachen Felsvorsprung nieder, um zu ruhen. Er bettete seinen Kopf mit den gigantischen Fangzähnen dicht neben den des Jungtiers. Das musste fürs Erste genügen – und kurz darauf weilte sein Geist in Welten, wo völliger Friede und absolute Zufriedenheit herrschten.

Als die Bestie wieder unsichtbar geworden war, bibberte Scooby.

Die Körperwärme des fremden, grauenhaften Wesens, das eben noch über ihr aufgeragt hatte, war plötzlich verschwunden. Stattdessen fuhr eine kalte, raue Brise durch das Fell des zu Tode erschrockenen Welpen. Auf wackligen Beinen erhob sich Scooby und drehte ihr Gesicht in den Wind. Eine scharfe, eiskalte Bö presste ihr die Ohren an den Kopf und ließ den kleinen Körper erzittern. Frierend stand sie da, während das Mondlicht seinen silbrigen Schein über die Erde warf. Von hier aus konnte Scooby den See erkennen, über dem graue, wirbelnde Nebelschwaden hingen. Und sie sah die weite schwarze Fläche des Tals, an dessen Rand sich die Umrisse der Baumwipfel gegen den Hintergrund der silbernen Wolken abhoben.

Von hier oben konnte sie die ganze weite Welt sehen … von diesem schmalen Sims aus, das in mehreren hundert Metern Höhe aus der Bergflanke hervorragte. Als die nächste Windbö sie erfasste und drohte, sie davonzuwehen, schaute Scooby von ihrem einsamen Aussichtspunkt auf die von Schatten erfüllte Landschaft tief unter ihr … und jaulte jämmerlich.

11

Daniel und Beth krochen aus ihrem Zelt und huschten tief geduckt über das taufeuchte Gras.

Der Morgennebel wallte über das Tal und hatte sich wie eine Decke aus herabgefallenen Wolken gespenstisch über den See gelegt.

„Was ist das?", zischte Beth plötzlich und sah sich alarmiert um.

Daniel hatte es auch gehört. Ein Geräusch, das aus der Nähe des Waldes kam. Es waren die Stimmen von Melissa und seinem Vater. Sie klang traurig und gequält.

„Was ist denn mit Melissa los?", fragte Beth.

„Unsere Väter sind bei ihr, ihr wird schon nichts passiert sein", versuchte Daniel, sie zu beruhigen. Er wollte unbedingt weiter.

„Aber warum schluchzt sie so?"

„Ist mir doch egal!", zischte Daniel zurück. Er musste jedoch zugeben, dass er ebenfalls neugierig war, und blieb einen Moment stehen, um zu lauschen.

„Schottische Krieger, Hunderte von ihnen ..." Melissa war kaum zu verstehen. Es klang, als würde sie eine entsetzliche Szene beschreiben. „Da sind Schwerter ... hört ihr nicht das Klirren? Seht ihr nicht die Schottenmuster der Kilts?"

Dann war Andrews beschwichtigende Stimme zu vernehmen.

Daniel verstand nicht, was er sagte, aber er konnte es sich lebhaft vorstellen. Melissa gönnte sich wahrscheinlich wieder mal einen ihrer melodramatischen Auftritte und sein Vater und Len versuchten, sie wieder auf den Teppich zu holen.

Doch diesmal hatte Daniel das Gefühl, dass sie tatsächlich in Kontakt mit einer anderen Welt war. Melissa bildete sich diese Dinge nicht ein, wie er zuerst gedacht hatte. Aber es wäre ihm irgendwie lieber gewesen, wenn sie nur eine harmlose Spinnerin wäre.

„Glaubst du, sie kann wirklich Geister sehen?", fragte Beth. Ihre Pupillen schienen im ersten fahlen Licht der Dämmerung zu leuchten.

„Wahrscheinlich", murmelte er. „Komm, wir müssen los."

Als sie den Fuß des Berges erreichten, begann das Farbenspiel der Dämmerung und der erste rosige Hauch der Morgenröte kroch über den Horizont.

Sie sprachen kein einziges Wort, bis sie das Gebiet erreichten, wo der Boden anstieg und mit Felsbrocken übersät war. Daniels Magen schien aus einem einzigen Knoten zu bestehen. Was hatten sie schon für eine Chance, Scooby noch lebend zu finden?

Er ging voran und half Beth über die Felsen. Als sie schließlich zögernd im pechschwarzen Eingang der Höhle standen, klammerte sie sich ängstlich an ihn.

„Gehen wir da rein?", fragte sie mit erstickter Stimme.

„Du bleibst draußen und ich gehe rein", sagte Daniel. Aber er protestierte nicht, als sie ihm folgte und sich dabei krampfhaft an seiner Jacke festhielt.

Vorsichtig machte er einen Schritt in die Dunkelheit und rief leise nach seinem Hund.

„Scooby … Scooby, bist du da drin? Hierher, Kleine!"

Doch nur Stille schlug ihm entgegen. Er leuchtete mit seiner Taschenlampe über den Höhlenboden, voller Angst, dort einen kleinen Haufen Knochen zu sehen … Ihm wurde beinahe schlecht vor Erleichterung, als er nichts entdecken konnte.

„Sie ist nicht hier", hauchte er schließlich.

„Würdest du in einer Höhle leben, Daniel?", fragte Beth plötzlich. „Wenn du ein Geist wärst und dich überall aufhalten könntest, wo du möchtest, würdest du dir dann ausgerechnet ein kaltes, dunkles Loch aussuchen?"

Er starrte sie durch die Finsternis an. Dann trat er aus den dunklen Tiefen der Höhle ins Freie und hob sein Gesicht zum Himmel. Der Berg ragte in seiner majestätischen Größe über ihm auf.

„Da oben!", sagte er leise. „Dort würde ich leben, wo man alles überblicken kann."

„Ich auch", murmelte Beth. „Ich auch."

Die Dunkelheit verschwand mehr und mehr. Die rötlichen Lichtstrahlen der aufgehenden

Sonne vertrieben das Grau und verliehen dem dunklen Himmel einen atemberaubenden rosigen und goldenen Glanz.

Sie gingen den Weg zurück, den sie gekommen waren. Beim Überklettern der Felsen am unteren Ende des Hangs rutschten sie immer wieder auf den nassen Steinen und dem feuchten Moos aus. Immer wieder riefen sie Scoobys Namen und sahen zum Berg hinauf.

Daniel fragte sich, ob sie im Camp inzwischen vermisst wurden. Aber was machte das schon aus? Im Moment war nur wichtig, seine Hündin zu finden.

Einige kleinere Steine kullerten nicht weit von ihnen entfernt die Bergflanke herunter. Daniel und Beth blieben stehen und blickten nach oben. Den Felsen nach zu urteilen, die überall verstreut lagen, war Steinschlag hier offenbar an der Tagesordnung. Wenn jetzt größere Brocken niedergingen, hatten sie keine Chance.

„Vorsichtig, Beth!" Daniel hielt sie zurück, als sie weitergehen wollte. Er wusste nicht, woher die Steinchen gekommen waren. Sie hätten von jedem der Vorsprünge und Felsnasen gefallen sein können. Das Ganze erinnerte an riesige Treppenstufen, die im Zickzack nach oben führten.

Je mehr sich das Tageslicht im Tal ausbreitete, desto leichter wurde es, Formen und Farben zu erkennen. Und plötzlich entdeckte Daniel etwas Goldbraunes, das in einiger Höhe über den Rand eines Plateaus baumelte – es hatte genau die Farbe von Scoobys Fell.

„Was ist das?", stieß er hervor und griff nach Beths Hand.

„Was?"

„Da!", sagte er und zeigte nach oben. „Sieh doch mal, auf diesem Vorsprung! Da bewegt sich etwas … Es sieht aus wie ein Schwanz!"

Beth stieß einen unterdrückten Schrei aus. „Das kann nicht sein. Wie hätte sie alleine da hoch kommen sollen?"

„Die Bestie hat sie hingetragen. Das ist doch Scooby, nicht wahr? Ich muss sie runterholen!"

„Das darfst du nicht!", rief Beth. „Du kannst da nicht hinklettern. Das ist viel zu gefährlich!"

„Aber ich muss! Sie fällt sonst noch runter."

Als er sich hastig an den Aufstieg machen wollte, zerrte Beth ihn zurück. „Daniel, warte!"

„Warum? Ich muss Scooby retten."

„Sieh sie dir doch an", drängte Beth. Der Ton ihrer Stimme brachte ihn dazu, stehen zu bleiben und ihr zuzuhören. Dann wiederholte sie noch einmal leiser: *„Sieh sie dir an."*

Daniel trat einen Schritt zurück und starrte angestrengt nach oben. Scooby bewegte sich nicht. Ihr kleiner Körper lag reglos und totenstill am Rand des schmalen Felsplateaus.

„Nein ..." Daniel stöhnte auf, als ihm die Wahrheit dämmerte. Er sank auf die Knie. „Wir sind zu spät gekommen."

Beth kniete sich neben ihn und hielt ihn ganz fest. „Du hast getan, was du konntest, Daniel. Du darfst es nicht riskieren, da hochzuklettern. Wenn sie tot ist ..."

„Oh, Scooby!", brach es aus Daniel heraus. Es kam ihm vor, als sei sein Herz in tausend Stücke zerbrochen. „Scooby, es tut mir leid, so furchtbar leid ..."

Plötzlich hörte er ein schwaches, aber unendlich vertrautes kleines „Wuff!".

„Scooby?", hauchte Daniel. Er wagte kaum, nach oben zu blicken. Wahrscheinlich hatte er sich das nur eingebildet. Doch als er langsam den Kopf hob, sah er zu seiner grenzenlosen Freude seine kleine goldbraune Hündin, die auf dem Sims stand und zu ihm hinunterspähte. Er sprang auf und stieß die Faust in die Luft.

„Ja! Ja, Scooby!", brüllte Daniel aus voller Kehle, packte Beth und umarmte sie so fest er konnte. „Sie lebt! Ihr ist nichts passiert!" Er legte die Hände wie zum Gebet zusammen. „Danke, danke, danke!" Dann wirbelte er Beth vor lauter Freude herum, und als er sie schließlich wieder absetzte, verkündete er: „Ich muss sie runterholen."

„Wie willst du denn da raufkommen?", rief Beth mit einem Blick auf die Felswand. „Soll ich zurücklaufen und unsere Väter holen?"

Während sie sprach, kullerte eine winzige Lawine aus Steinchen und Kieseln die Bergflanke hinunter, als Scooby versuchte herunterzuklettern.

„Nein! Bleib da, Scooby! Bleib, wo du bist!", rief Daniel zu ihr hinauf. Dann wandte er sich an Beth: „Ich muss sie jetzt holen, bevor sie fällt. Es wird schon nichts passieren", fügte er hinzu, als er ihr ängstliches Gesicht sah. „Sieh mal, diese Vorsprünge sind wie eine riesige Treppe. Ich schaffe das, glaub mir!"

Beth verzog zweifelnd das Gesicht. „Aber sei bitte vorsichtig, Daniel. Sei ganz, ganz vorsichtig."

Daniel betrachtete den Hang und überlegte sich genau, welchen Aufstieg er nehmen wollte. Wenn er sich von einem Felssims zum nächsten vorarbeitete, konnte es gar nicht so schwierig sein. „Ich komme und hol dich", rief er zu Scooby hinauf. „Bleib gefälligst, wo du bist, und beweg dich nicht!"

Aber der aufgeregte Welpe wollte genauso dringend zu Daniel wie dieser zu ihm und versuchte noch einmal, von dem Plateau herunterzukommen.

„Nein, lass das, Scooby!", rief nun auch Beth hinauf. „Oh, Daniel, sie wird runterfallen, ich weiß es …"

„Zurück, Kleine", rief Daniel, während er sich von Vorsprung zu Vorsprung hangelte. „Ich bin schon unterwegs."

Der Berg war so zerklüftet, dass Daniel ohne

Weiteres Halt für seine Füße fand und gut vorankam. Es dauerte nicht lange und er befand sich mehrere Meter über Beths Kopf. Sie stand reglos da, die Hände ineinander verkrampft, und sah ängstlich zu ihm hinauf.

Daniel kletterte so flink er konnte. Der Eifer, mit dem Scooby versuchte, zu ihm zu gelangen, bereitete ihm Sorgen. „Ich komm ja schon, Kleine. Schneller geht's nicht."

Je höher er kletterte, desto kälter blies der Wind. Jedes Mal, wenn er nach unten blickte, wurde ihm schwindelig, und er musste sich Halt suchend an die Bergwand klammern. Bis zu dem harten Boden weit unter ihm war es inzwischen ein ganzes Stück und Beth sah von hier oben winzig aus.

Daniels Hände waren eiskalt und zerkratzt und seine Glieder schmerzten vor Anstrengung. Er hielt kurz an, um Atem zu holen, und presste sich mit dem Rücken an die Felswand, falls ihm wieder schwindelig wurde. Von hier aus hatte man einen fantastischen Ausblick über das ganze Tal und Daniel entdeckte sogar ihr Camp. Dort regte sich nichts. Wahrscheinlich lagen die anderen nach dieser ereignisreichen Nacht längst in ihren Schlafsäcken. Wenigstens hatte man Beth und ihn nicht vermisst.

Nun war Scooby nur noch ein paar Meter über ihm. Wenn er nicht die Nerven verlor, würde er in wenigen Minuten bei ihr sein.

Aber es war so hoch. Aus einiger Entfernung wirkte er wahrscheinlich wie eine Fliege an der Wand. Wenn sein Vater ihn so sehen könnte, würde er ausrasten.

Daniel versuchte krampfhaft, den Gedanken an einen möglichen Sturz auszublenden. Doch der eisige Wind erinnerte ihn daran, dass in dieser Höhe normalerweise nur Adler durch die Lüfte segelten. Er konzentrierte sich auf seine Hündin und darauf, sie sicher wieder nach unten zu bringen. Am besten steckte er sie in seine Jacke und zog die Durchziehbänder ganz fest zu, damit sie nicht herausrutschen konnte.

Als er beim nächsten Mal aufblickte, sah er den Welpen über den Rand des Plateaus schauen, seine kleine Zunge hing ihm vor Aufregung aus dem Maul. „Halt aus, Scooby. Ich komme! Beweg dich nicht, okay? Bleib da, wo du bist. In ein paar

Minuten bin ich bei dir." Daniel sprach laut vor sich hin, um nicht nur Scooby, sondern auch seine zum Zerreißen gespannten Nerven zu beruhigen.

„Daniel!", schrie Beth plötzlich auf. Ihr Schrei kam so unerwartet und klang so panisch, dass er vor Schreck beinahe ausgerutscht wäre.

„Mach das nicht noch mal!", brüllte er hinunter.

„Daniel, sei vorsichtig!", schrie sie mit überschnappender Stimme.

„Ich bin vorsichtig ..."

„Die Bestie!", kreischte sie so durchdringend, dass ein Falke erschrocken aus einer Felsspalte aufflog. Er breitete seine schönen braunen Schwingen aus und segelte mühelos durch die Luft.

Daniel packte den Felsen so fest, dass seine Fingerknöchel weiß hervortraten. Eiskaltes Grauen durchfuhr ihn und ließ ihn erstarren. „Was?"

„Auf dem Plateau, auf dem Scooby ist", kreischte sie. „Die Bestie steht direkt neben ihr. Daniel, ich kann sie sehen. Es gibt sie wirklich! Sie ist wie aus Glas, alles schimmert und glänzt. Ihr Körper ist durchscheinend, aber die Form ist genau zu erkennen … und die Fangzähne auch. Oh, Daniel, sie faucht und knurrt … sie scheint furchtbar wütend zu sein."

Als er nach oben schaute, konnte Daniel nach wie vor nur Scooby sehen. Aber die Kleine hatte die Ohren flach angelegt und in ihren Augen stand die nackte Angst.

„Die Bestie wird lebendig!", rief Beth zu ihm hoch. „Man kann sie immer deutlicher erkennen."

Daniel biss die Zähne zusammen. Er war jetzt so weit gekommen, ohne seinen Hund würde er hier nicht wieder weggehen! „Ich komme, Scooby. Halt durch." Er zog sich zum nächsten Felsvorsprung hinauf. Nur noch ein kleines Stück, dann konnte er sie packen – Monster hin oder her.

Er kletterte weiter und griff nach oben …

„Nicht, Daniel!", schrie Beth.

„Alles in Ordnung. Ich hab sie gleich!", rief er. Doch als er seine Hand nach Scooby ausstrecken wollte, tauchte plötzlich eine ungeheuer große, schillernde Gestalt hinter seiner Hündin auf und hüllte sie in einen fremdartigen Glanz.

Als Beths Schrei über das Tal schallte, verlor Daniel den Halt. Panisch hielt er sich an der Felswand fest und klammerte sich an den rauen Granit, um nicht abzustürzen.

Das monströse Phantom blickte auf ihn herab. Der massige Kopf wirkte durch die zwei tödlichen Fangzähne, die aus dem Maul ragten, hässlich und seltsam unproportioniert. Die gelben Katzenaugen leuchteten unheimlich. Zwischen den gigantischen Vorderpfoten duckte sich wimmernd ein schreckensstarrer Welpe.

Daniel zuckte in blankem Entsetzen zurück und begann am ganzen Körper zu zittern.

„Sie ist echt!", kreischte Beth von weit, weit unten. „Pass auf, Daniel, sonst tötet sie dich!"

Das war ihm klar. Dieses Biest war schon auf der Erde umhergestreift, als noch Dinosaurier und Mammuts auf diesem Planeten gelebt hatten. Es war so mächtig gewesen, dass ihr Geist Tausende von Jahren überdauert hatte. Daniel wusste, dass er seiner Kraft, seiner Stärke und seiner Bösartigkeit rein gar nichts entgegenzusetzen hatte.

Die Bestie wurde von Sekunde zu Sekunde

sichtbarer. Daniel konnte bereits die Farbe und Zeichnung ihres Fells erkennen und auch das Glitzern ihrer schwarzen Lefzen. Und er spürte die Hitze – eine wabernde Hitze, die ihm wie aus einer offenen Ofentür entgegenschoss, als ihm das riesige Tier ins Gesicht brüllte.

Nein, er war kein würdiger Gegner für die Bestie. Er konnte nicht gegen sie kämpfen, konnte ihr nicht entkommen. Eine falsche Bewegung und er und Scooby würden wie Ungeziefer vom Berg gefegt werden.

Aber jetzt konnte er nicht mehr zurück …

„Ich komme wegen meiner Hündin", hörte Daniel sich plötzlich mit leiser, besänftigender Stimme sagen. Immerhin handelte es sich hier um ein Tier – ein wildes zwar, aber um ein Tier, und die reagierten doch angeblich auf Freundlichkeit, oder? „Ich muss sie mit nach Hause nehmen. Sie gehört mir. Ich liebe sie. Und ich muss auf sie aufpassen."

Die Bestie blieb über Scooby stehen, die gelben Schlitzaugen unverwandt auf Daniel gerichtet, während ihr der Geifer von den langen Fangzähnen tropfte.

Langsam, ganz langsam, griff Daniel nach seiner Hündin, ohne den Säbelzahntiger dabei aus den Augen zu lassen. „Bitte gib sie mir. Du bist ein Geist, aber sie ist lebendig und sie braucht mich. Lass sie mich mitnehmen."

Die Bestie kniff ihre gelben Katzenaugen zusammen und stieß ein tiefes, gefährliches Knurren aus. Blankes Entsetzen schoss durch Daniels Adern. Er spürte, dass sie im nächsten Moment angreifen würde. Jeder Nerv in seinem Körper befand sich in höchster Alarmbereitschaft. „Nein! Bitte nicht!", rief Daniel flehend. „Bitte, tu uns nichts!"

Das riesige Maul der Kreatur öffnete sich. Die Furcht einflößenden Fangzähne schwebten über Daniels Kopf, bereit, jederzeit zuzustoßen.

Die Zeit schien stillzustehen. Daniel starrte hilflos in das gähnende Maul der geisterhaften Bestie. Diese Zähne waren absolut tödlich, gegen sie hatte er nicht die geringste Chance.

Scooby rollte sich unterwürfig auf den Rücken, während tief unter ihnen Beth panisch schrie.

Doch plötzlich kehrte Daniels Mut zurück. Er würde nicht so einfach aufgeben und zulassen, dass ein Geist ihn tötete! Und erst recht nicht seinen Hund oder Beth, die leicht die nächsten Opfer werden konnten. Er war nicht bereit, sich zu unterwerfen und zu sterben – zumindest nicht ohne einen Kampf.

Ein paar lose Steine lagen am Rand des Plateaus verstreut. Daniel griff sich einen von ihnen und hielt ihn trotzig über seinen Kopf, während er die Bestie fest ansah. „Zurück, du Monster! Ich will meinen Hund!"

Taraks Kraft hatte ihren Höhepunkt erreicht. Er konnte den Welpen jetzt mühelos töten. Doch er zögerte. Was war mit dem Menschen?

Tarak sah die Entschlossenheit des Zweibeiners. Er würde kämpfen, notfalls bis zu seinem Tod. Dieser jämmerliche Mensch war kein ernst zu nehmender Gegner für ihn. Aber Tarak fragte sich auf einmal, ob sich der Geist des Jungen womöglich mit dem des Welpen verbinden würde. Und würde er, Tarak, dann in alle Ewigkeit von ihm verfolgt werden?

Diese Vorstellung missfiel ihm ungeheuer. Tarak stieß ein frustriertes Gebrüll aus und betrachtete gleichzeitig den kleinen Hund, der ihm seinen schutzlosen Bauch darbot. Dann wanderte sein Blick zu dem furchtlosen Jungen, der ihn mit einem Stein bedrohte.

Konnte er den Welpen umbringen und für immer zu seinem Begleiter machen, ohne dass der Mensch ihm dazwischenfunkte? Konnte er es vermeiden, diesen Jungen zu töten? Sollte er es riskieren?

Tarak trat unsicher von einer Pfote auf die andere und stieß angesichts dieses Zwiespalts ein tiefes Knurren aus.

Das Risiko war groß ... zu groß.

Er wusste plötzlich, dass er es nicht eingehen würde. Seine einsame Existenz kam ihm in diesem Moment verlockender vor, als für immer von diesem Menschen verfolgt zu werden.

Sollte der Junge doch seinen Hund nehmen und verschwinden, er würde so weiterleben wie bisher – allein.

Daniel fuchtelte mit dem Stein herum und versuchte dabei, wütend und gefährlich auszusehen, um die bedrohliche Geistererscheinung einzuschüchtern. Zu seinem Erstaunen wandte sich die Bestie plötzlich ab und sprang auf den nächsthöheren Bergkamm.

Völlig verblüfft griff Daniel nach Scooby und hob sie zu sich herunter. Er konnte sein Glück kaum fassen.

Er verstaute die Kleine sicher in seiner Jacke und zog die Bindebänder ganz fest zu. Kurz genoss er das unglaubliche Gefühl, dass er seinen Hund heil und gesund zurückhatte.

Doch dann rief Beth zu ihm hinauf: „Beeil dich, Daniel, los! Die Bestie ist genau über dir und beobachtet dich. Sie kann dich immer noch verfolgen!"

Mit klopfendem Herzen kletterte Daniel von Vorsprung zu Vorsprung. Der Abstieg war viel schwieriger als der Aufstieg, besonders mit Scooby in seiner Jacke. Aber er tat sein Bestes. Mühsam kletterte er von einem Felsen zum nächsten und versuchte, nicht auf die Kratzer und Schrammen zu achten, die er sich dabei holte. Er entschuldigte sich jedes Mal bei Scooby, wenn sie irgendwo anstieß oder er sie zu fest an sich presste. Er wusste, dass das Biest sie jeden Moment angreifen konnte.

Allmählich kam der Boden näher. Daniel konnte Beth deutlich erkennen und sie konnten sich jetzt wieder miteinander verständigen, ohne zu schreien. Endlich spürte er weiches Moos unter seinen Füßen und Beths Arme, die sich um ihn schlangen.

12

„**Du warst so** mutig, Daniel", keuchte Beth, während sie ins Tal hinunterrannten. „Ich dachte wirklich, die Bestie würde euch beide töten."

„Ich auch", gab Daniel mit einem Blick über die Schulter zu. Er hoffte von ganzem Herzen, dass die Bestie nicht Katz und Maus mit ihnen spielte und vielleicht doch noch jeden Moment die Verfolgung aufnahm.

Aber sie erreichten sicher das Camp. Daniels erster Impuls war, ins Zelt seines Vaters zu stürmen und mit der ganzen Geschichte herauszuplatzen. Doch dann zögerte er ...

Wenn sie es den Erwachsenen erzählten, würden sie ihnen bestimmt nicht glauben. Oder – und das war noch schlimmer – Melissa würde so einen Wirbel veranstalten, dass von nah und fern alle möglichen Leute, die paranormale Phänomene erforschten, hierherströmen würden. Irgendwie kam ihm das nicht richtig vor. Die Bestie hatte seit Tausenden von Jahren in diesem Tal gelebt und, soweit er wusste, bisher niemanden getötet. Wenn nun Horden von Leuten mit angeblich übersinnlichen Fähigkeiten hier einfielen und Jagd auf sie machten, konnte niemand vorhersagen, wie sie reagieren würde. Sobald die Kreatur sich in ihrem sterblichen Körper zeigte, war sie ein gefährliches wildes Tier.

Sie hätte ihn und Scooby mit Leichtigkeit töten können. Vielleicht hatte er sie verscheucht, weil er diesen Stein geschwenkt hatte. Aber irgendwie glaubte Daniel das nicht. Er konnte nicht sehr bedrohlich gewirkt haben, so, wie er innerlich vor Angst geschlottert hatte.

Daniel musste wieder an den Moment denken, als er der Bestie tief in die Augen geblickt hatte, kurz bevor sie sich abwandte. Da war für den Bruchteil einer Sekunde etwas aufgeblitzt … Er konnte nicht genau sagen, was es war. Doch die Bestie hatte offenbar ihre eigenen Gründe gehabt, nicht anzugreifen. Und Daniel wusste, dass er dafür immer dankbar sein würde.

„Meinst du, die Erwachsenen glauben uns diesmal?", flüsterte Beth, als sie ein Stück von den Zelten entfernt stehenblieben.

„Melissa bestimmt." Er sah Beth fest an. „Aber ich denke, wir sollten ihnen nichts davon erzählen. Die Bestie hätte uns in Stücke reißen können, Beth, aber sie hat es nicht getan. Ich weiß auch nicht, warum. Wenn wir es den Erwachsenen erzählen, werden sie nicht ruhen, bis sie sie erlegt haben. Meinst du nicht, wir sollten sie einfach in Frieden lassen? Als kleines Dankeschön dafür, dass sie uns und Scooby verschont hat?"

Beth dachte kurz darüber nach und nickte dann. „Wir müssen uns bloß eine Geschichte ausdenken, wie Scooby wieder zu uns zurückgefunden hat."

Daniel grinste. „Das dürfte nicht allzu schwierig sein."

Er schlich sich ins Zelt seines Vaters, setzte ihm Scooby auf die Brust und trat dann einen Schritt zurück. Andrew wachte sofort auf und stieß bei Scoobys Anblick einen Freudenschrei aus.

„Sie ist zurückgekommen!", rief er, als er sah, wie Daniel ihn angrinste. „Ich wusste es! Ich wusste, dass sie nicht weit weglaufen würde!"

„Du hattest recht, Dad. Sie saß direkt vor meinem Zelt, als ich aufgewacht bin."

Sein Vater schälte sich aus seinem Schlafsack und nahm die kleine Hündin in den Arm. „Na, das sind ja wirklich fantastische Neuigkeiten." Dann entdeckte er Beth. „Warum bist du denn um diese Zeit noch auf? Ich dachte, du liegst schon längst in den Federn."

„Als ich gehört habe, wie Scooby rumgeschnüffelt hat, bin ich aufgestanden", murmelte sie mit einem Seitenblick zu Daniel.

Andrew betrachtete die beiden misstrauisch. „Und ihr habt euch beide extra angezogen?"

„Ich geh dann mal und erzähl meinem Vater die guten Neuigkeiten", sagte Beth hastig, bevor Andrew noch mehr Fragen stellen konnte. „Gibst du mir Scooby? Ich möchte meinen Dad überraschen."

Len freute sich genauso sehr wie Andrew und küsste die Kleine wieder und wieder auf den Kopf.

Melissa tappte schlaftrunken aus ihrem Zelt. „Was ist denn hier los? Warum so ein Aufstand?"

„Scooby ist zurück!", erwiderte Daniel ruhig und beobachtete ihre Reaktion.

Sie sah ihn verunsichert an. „Das habe ich dir doch gesagt. Du hättest gestern Nacht nicht einfach weglaufen dürfen. Ich war ganz verrückt vor Sorge."

„Ich finde auch, dass du dich bei Melissa entschuldigen solltest, junger Mann", sagte sein Vater, die Arme vor der Brust verschränkt.

Das sah Daniel ganz anders. Wenn sich jemand bei ihm und Scooby entschuldigen musste, dann Melissa. Aber er wusste, dass sie nie im Leben zugeben würde, dass sie seine Hündin als Köder benutzt hatte.

Also murmelte er zwischen zusammengebissenen Zähnen: „Tschuldigung."

Sein Vater runzelte die Stirn. „Das klang aber nicht besonders ernst gemeint, Daniel."

„Das macht nichts", sagte Melissa und wandte den Blick ab. „Außerdem muss ich noch einen Bericht über die Ereignisse von heute Morgen schreiben. Ich habe übrigens auch Skizzen von den Schlachtszenen gemacht, die ich gehört und gesehen habe …"

Sie verschwand in ihrem Zelt und kam kurz darauf mit einem Block voller Zeichnungen wieder heraus.

Alle waren fasziniert. Sie hatte Bild um Bild gemalt. Entsetzliche Szenen von Tod und grauenhaften Verletzungen bedeckten die Seiten. Skizzen von Highlandkriegern in Schottenröcken, die Schwerter schwangen, die so groß waren wie sie selbst. Die Gesichter von *lebendigen* Menschen. Zumindest waren sie das vor Jahrhunderten gewesen.

„Und all das hast du gesehen?", fragte Daniel ungläubig.

„Ja, genau so habe ich es erlebt", murmelte sie.

Daniel schielte zu Beth hinüber. Jetzt konnte er verstehen, warum Melissa am Morgen so fertig geklungen hatte.

„Es wird eine Weile dauern, bis ich alles aufgeschrieben habe", fügte sie hinzu und sah Daniel dabei an. „Ich werde nicht viel Zeit für andere Forschungen haben."

„Nicht einmal, was die Bestie angeht?", fragte er mit ruhiger Stimme.

Sie lächelte. Es war ein verschwörerisches Lächeln, das nur ihm und Beth galt. Dann flüsterte sie ihnen zu: „Ich denke, wir sollten die Bestie in Frieden ruhen lassen, meint ihr nicht?"

Daniel nickte. Das sah er genauso.

Scooby lief auf der Suche nach Keksen schnuppernd um Melissa herum. Melissa hob die Kleine auf, küsste sie auf ihr goldenes Köpfchen und sagte leise: „Es tut mir leid, Schätzchen, glaub mir … so, so leid."

Dann reichte sie Scooby an Daniel zurück, griff sich ihren Skizzenblock und verschwand im Zelt.

Am späten Vormittag bauten sie ihr Lager ab. Alle waren ungewöhnlich ruhig und hingen ihren eigenen Gedanken nach. Während die anderen die letzten Sachen in den Van packten, machte Daniel mit Scooby noch einen kurzen Spaziergang vor der langen Heimfahrt. Gerade, als sie in den Wagen steigen wollten, wandte Scooby sich in Richtung Berge und stieß ein wütendes kleines „Wuff!" aus.

Daniel folgte ihrem Blick. Zuerst konnte er nichts entdecken. Doch dann sah er sie. Eine beinahe unsichtbare Gestalt aus Licht – doch die katzenartige Form des Körpers und die langen Fangzähne waren unverkennbar.

Er wollte Beth gerade darauf aufmerksam machen, überlegte es sich dann aber anders. Die Erwachsenen hätten es hören können. Stattdessen hob er Scooby hoch und hielt sie ganz fest, während er unverwandt zu der Bestie hinüberblickte.

Der Schemen wandte sich ab und sprang in den See, wo er durch das flache Wasser in der Nähe des Ufers watete.

Obwohl seine Bewegungen leicht und anmutig waren, flog in unmittelbarer Nähe ein Schwarm Wasservögel auf.

Lächelnd stieg Daniel in den Van, den Andrew langsam aus dem Tal in Richtung Straße steuerte.

Wie zu erwarten, begannen die Erwachsenen schon bald über ihre Exkursion zu reden, aber Daniel hatte eine Frage, die er unbedingt loswerden wollte. „Wie kommt es eigentlich, dass manche Geister auf der Erde bleiben, anstatt in den Himmel aufzusteigen oder in ein anderes Leben nach dem Tod überzugehen?"

„Wer weiß", sagte Melissa nachdenklich. „Vielleicht haben diese Geister auf der Erde noch eine Aufgabe zu erledigen, bevor sie mit ihren Vorfahren vereint sind."

Andrew bremste, um einem Laster auszuweichen, der auf der schmalen, mit Schlaglöchern übersäten Straße geparkt war. Es handelte sich um ein Straßenbaufahrzeug. Zwei Männer in gelben Jacken errichteten gerade ein Schild neben der Fahrbahn.

„Umgehungsstraße Endrith-Tal. Die Bauarbeiten werden voraussichtlich von Oktober bis März dauern."

Andrew winkte, als er an ihnen vorbeifuhr. „Das wird einige Unruhe verursachen, wenn sie erst mal angefangen haben", bemerkte er beiläufig.

„Ich wüsste gerne, ob es die Geister des Endrith-Tals stören wird", sagte Beth zu Daniel.

Ihm wurde bei ihren Worten merkwürdig mulmig. Er drückte Scooby und murmelte: „Das würde mich nicht wundern."

Ann Evans begann ihre Karriere als Schriftstellerin mit dem Verfassen von Texten für kleinere Magazine. Seitdem ist viel passiert: Inzwischen widmet sie sich voll und ganz dem Schreiben verschiedenster Zeitschriftenartikel – die Themen reichen von Tieren bis zu Trödel – und von Kinderbüchern. Am liebsten denkt sie sich packende Thriller und spannende Krimis aus. Zu den Büchern um Tarak ließ sie sich während eines Urlaubs in Schottland inspirieren – nachdem sie unheimliche Lichtspiele über den schottischen Seen beobachtet hatte.

Das Grauen aus der Vorzeit

Band 1

In den Schottischen Highlands, auf einem abgelegenen Berg, lauert etwas: Ein Relikt aus finsterer Vorzeit – etwas, das auf Rache sinnt und den Tod bringt ...

Grant ist genervt. Der Campingausflug mit den Eltern war eigentlich als lustiges Abenteuer geplant. Doch seine kleine Schwester Amanda ist felsenfest davon überzeugt, in den Bergen ein Monster gesehen zu haben. Völliger Quatsch, meint Grant – bis in einer Nacht ein merkwürdiges Wesen um ihr Zelt schleicht. Und dieses Ding hört sich mehr als bedrohlich an!